샘결에 심은 나무

샘곁에 심은 나무

류재양 시집

1판 1쇄 발행 | 2025. 2. 20

발행처 | **Human & Books**
발행인 | 하응백
출판등록 | 2002년 6월 5일 제2002-113호
서울특별시 종로구 삼일대로 457 1409호(경운동, 수운회관)
전화 | 02-6327-3535~7, 팩스 | 02-6327-5353
이메일 | hbooks@empas.com

ISBN 978-89-6078-785-8 03810

샘곁에 심은 나무

류재양 시집

다윗의 시

여호와는 나의 목자시니 내게 부족함이 없으리로다
그가 나를 푸른 풀밭에 누이시며 쉴 만한 물가로 인도하시는도다
내 영혼을 소생시키시고 자기 이름을 위하여 의의 길로 인도하시는도다
내가 사망의 음침한 골짜기로 다닐지라도 해를 두려워하지 않을 것은 주께서 나와 함께 하심이라 주의 지팡이와 막대기가 나를 안위하시나이다
주께서 내 원수의 목전에서 내게 상을 차려 주시고 기름을 내 머리에 부으셨으니 내 잔이 넘치나이다
내 평생에 선하심과 인자하심이 반드시 나를 따르리니 내가 여호와의 집에 영원히 살리로다

(시편 23)

시인 晚湖 인사말씀

詩人이 詩를 써서 詩集을 출간하는 이유

 詩는 감상과 상상력이 풍부하게 하고 사물과 자연을 관조하여 사색하고 성찰하므로 내면있는 본성을 도출해 내는 예능 기술이기도 하다. 어휘력이 좋을수록 詩를 잘 창작할 수 있다.
 이러한 관점에 정신과 마음과 생각을 간결한 언어를 壓縮 표현으로 쓰는 글이 詩이다.
 詩 자체의 본질은 사람의 마음에 안정감과 안식을 주며, 기쁨과 즐거움을 찾게 하므로 평화와 안위를 느끼게 한다. 詩의 본질은 피곤하고 곤비한 자들에게 생기를 불어 넣어주고 꿈을 꾸게하고 이상을 높게 바라보게 하고 아름다움을 추구하도록 하는 五感 예술이기도 하다.
 詩에 음율을 붙이면 찬양이 되고 아름다운 노래가 된다.
 마음에 공허를 詩로 메꿀 수 있는 것으로 아로새긴 銀쟁반에 金사과라는 시는 부드러운 표현으로 기분을 상쾌하게 한다.
 詩를 만들 때 영감이 떠오르고 詩를 읽을 때 영적 교감을 느끼며 詩를 들을 때 감흥을 받음도 작품을 바라볼 때 서정적 예술감을 느끼게 한다.

작품을 읽고, 듣기에 좋고 보기에 좋았다라고 정의하면 詩는 결국 창조자를 찬양하는 예술작품이 된다.

 생각을 간결한 언어로 표현하는 글 자체가 詩이기에 詩를 통하여 사물과 사람간에, 연관관계를 아름답게 하고 善한 영양력을 주는 기능있으므로 詩를 쓰는 이유이기도 하다.

 읽는 기법에 따라 잠잠히 읊조리면 진리의 정점으로 찾아가게 하고 詩를 읊조려 마음을 보다듬어 주고 희망과 용기를 기름부음 받게 한다.

 詩를 통해 기쁨과 행복 누리시기 바랍니다.

서시

샘곁에 심은 나무
A well watered garden an ever flowing fountain

"샘곁에 심은 나무"는 인생길의 의미이다. 삶이 찬란한 행복이 아니라 눈물 흘리고 가야 하는 골짜기 길고 긴, 역경, 슬픔, 시련, 눈물의 길을 통과해야 강해지고 성숙해진다. 거기에는 희망이 있고 기쁨을 경험하게 한다. 복의 根源이신 하나님을 사랑하고 사모하여 가까이 하기 위하여 몸부림치는 삶이다. 눈물 골짜기도 주께 힘을 얻고 마음에 시온의 대로가 있으면 넉넉히 통과하여 샘곁에 심은 무성한 나무와 같이 된다. 샘은 생수의 근원이며 마음과 몸을 정화하는 장소이고 기운을 북돋아 주고 회복과 풍요와 은총과 축복의 상징이며 "오아시스" 표시이기도 하다. 물이 풍부하여 초목이 무성하고 아름다운 동산, 물이 끊어지지 않는 샘 하나님이 베푸시는 영육간의 풍성한 은혜를 주시며 주의 백성에게 기업으로 주신 주의 땅, 샘곁에 심은 나무들이 무성한 동산이다.

네 하나님 여호와께서 돌보아 주시는 땅이라 연초부터 연말까지 네 하나님 여호와의 눈이 항상 그 위에 있느니라(신명기 11장 12절)

차례

시인 晩湖 인사말씀 … 5
서시 샘곁에 심은 나무 … 7

1부 믿음

17 … 불퇴전의 勇將 김동권 목사(제85회 대한예수교장로회 총회장, 진주교회)
18 … 정치구단의 德將 서기행 목사(제89회 대한예수교장로회 총회장, 서울 대성교회)
19 … 섬세 정밀의 智將 홍정이 목사(제89회 개혁 대한예수교장로회 총회장, 서울 안디옥교회)
20 … 성령불의 사자 소강석목사(제105회 대한예수교장로회 총회장, 새에덴교회)
21 … 白巖의 길 哲學(대신대학교 제5~6대 백암 전재규총장)
22 … 白巖의 뜻(대신대학교 제5~6대 백암 전재규총장 八旬 감사예배)
23 … 白巖의 鬪魂(대신대학교 제5~6대 백암 전재규총장)
24 … 大海의 길(대신대학교 제8~10대 최대해총장)
25 … 대신대학교 讚歌
30 … 安和植長老 古稀宴(산격제일교회)
31 … 황정심장로 칠순 감사예배(화원천내교회)
33 … 제43회 전국장로회연합회 회장 이호영장로 취임(서울 대남교회)
34 … 제46회 전국장로회연합회 회장 송병원장로 취임(서울 늘사랑교회)
35 … 제48회 전국장로회연합회 회장 윤선율장로 취임(안동 대흥교회)
36 … 제34회 동대구노회남전도회연합회 회장 정시호장로 취임(대구 북일교회)
37 … 제51회 경북장로회연합회 회장 朴敬一장로 취임(구미 강동교회)
38 … 김인규원로장로 추대(대구 서일교회)
39 … 대명교회 비전센터 준공 장창수목사(대구 대명교회)
40 … 동대구노회남전도회연합회 제35회 회장 서태교장로 취임(대구 동원교회)

41 … 대기총 제12회 대표회장 신현진목사 취임(대구 남부교회)
42 … 희망의 등대 빛 이판근목사(대구 관문교회)
43 … 대기총 제24회 대표회장 이승희목사 취임(대구 반야월교회)
44 … 대기총 제21회 대표회장 남태섭목사 취임(대구 서부교회)
45 … 이동관목사 위임(대구 대동교회)
46 … 2017년 경북장로회연합회 회장 김태영장로 신년교례회(칠곡 숭오교회)
47 … 대신대학교 재단 理事長 職務代行 신현태장로(대구 남부교회)
48 … 義와 仁과 信의 오홍근장로(부천 부성교회)
49 … 제102회 대한예수교장로교총회 이승희목사 부총회장 당선(대구 반야월교회)
50 … 대기총 제25회 대표회장 김기환목사 취임(대구 동광성결교회)
51 … 제19회 대구지역장로회연합회 회장 이용화장로 취임(대구 북성교회)
52 … 제25회 대구지역장로회 회장 최병태장로 취임(대구 세계로교회)
53 … 제39회 전국남전도회연합회 회장 홍석환장로 취임(대구 강북성산교회)
54 … 제49회 대구광역시 장로회 총연합회 회장 김성태장로 취임(대구 한샘교회)
55 … 제35회 전국장로회연합회 회장 박정하장로 취임(대전 중앙교회)
56 … 대구 동성교회 박상민 원로장로(대구 동성교회)
57 … 황봉환 교수 은퇴 감사예배(대신대학교)
58 … 대기총 제26회 대표회장 박병욱목사 취임(대구중앙교회)
59 … 제37회 동대구노회남전도회 이석준장로 就任(대구 북부교회)
60 … ㈜도부 라이프텍 회장 김일순권사(서울 사랑의교회)
61 … 대구신학원 임영식장로 재단이사장 취임(김천 아천제일교회)
62 … 제3회 영남지역 남전도연합회 회장 박현규장로 취임(대구 서부교회)
63 … 서현교회 강문명원로장로(대구 서현교회)
64 … 신성길장로 역사의 증인(청송 화목제일교회)
65 … 제52회 전국장로회연합회 회장 정채혁장로 취임(서울 왕십리교회)
66 … 김복숙권사(대구 반야월중부교회)

2부 소망

69 … 주식회사 위드택 대표이사 류승교장로(대전 정민제일교회)
70 … 류성미집사에게(대구 고산동부교회)
71 … 학교법인 대신대학교 제14대 재단이사장 류승학장로 취임(대구 반야월중부교회)
72 … 류승국장로(대구 반야월중부교회)
73 … 동대구장로연합회 제38회 회장 이석준장로 취임(대구 북부교회)
74 … 박정규목사 "이상근 학술상수상" 즈음한 祝賀 詩
76 … 제54회 서북지역 장로연합회 회장 이병우장로 취임 激勵詩(서울 장충교회)
77 … 제107회 총회 영남출신 선출직 당선자 祝賀
78 … 제38회 동대구노회남전도연합회 회장 황인활장로 취임(대구 송정교회)
79 … 제51회 전국장로회연합회 회장 김봉중장로 취임(창원 새누리교회)
80 … 제39회 동대구노회남전도연합회 회장 박상호장로 취임(대구 성일교회)
81 … 제39회 동대구노회여전도회 회장 김옥순권사 취임(대구 북부교회)
83 … 생각이 난다 신성길장로(청송 회목제일교회)
85 … 장용환집사 장구한 세월(대구 반야월중부교회)
86 … 황대영장로! 한솥밥을 먹은 세월 60년!(대구 반야월중부교회)
87 … 류시문회장님! 사랑과 기부의 거장이시다!(대구 반야월중부교회)
89 … 제36회 대구지역장로회연합회 회장 최병도장로 취임(대구 세계로교회)
90 … 권정식원로장로 40년 동행 길을 말한다(대구 원일교회)
93 … 김계영집사와 동행한 50년을 말한다(대구 반야월중부교회)
94 … 이덕고 집사님께
95 … 신수희장로와 연합활동 30년을 말한다(대구 평안교회)
96 … 신수희원로장로 취임시(대구 평안교회)
97 … 기독신문 주필 김관선목사(서울 산정현교회)
99 … 제40회 동대구장로회연합회 회장 김덕회장로 취임(대구 효목교회)
100 … 제54회 전국장로회 회장 홍석환장로 취임(대구 성산교회)
101 … 제40회 동대구노회남전도회 회장 이현근장로 취임(대구 동원교회)

102 ··· 유경선장로 서울 종로5가 파고다스튜디오 대표
104 ··· 대한예수교장로회 전국남전도회연합회 30年史
105 ··· 경청노회 50주년 기념 감사예배
106 ··· 옥계교회 100주년 기념
107 ··· 慶北老會 第105年 記念 獻詩
108 ··· 자인교회 120주년 감사
109 ··· 대한예수교장로회 大慶長老會 50年史
110 ··· 기독신보 "오백호" 발간에 즈음하여
111 ··· 장로회신문 新年 元旦 詩
112 ··· 서용지 집사님께
113 ··· 꽃피우다 市民中心 慶山 幸福
115 ··· 대한예수교장로회 대구 반야월중부교회 70년사
116 ··· 대한예수교장로회 대구노회장로회연합회 50주년을 즈음하여
117 ··· 대구노회장로회연합회 50주년을 즈음하여 축시 해설
118 ··· 대구 반야월중부교회 (1) (2)
119 ··· 〈장로신문〉 창간 20주년을 즈음하여!
121 ··· 장로신문이여, 영원하라!
123 ··· 제44회 전국남전도회연합회 회장 배원식회장 취임 일어나라! 빛을 발하라!
124 ··· 김상현목사 Y.N.신문 발간 10주년 기념 감사 詩
125 ··· 대구장로합창단창단 40주년 기념 정기연주회 경축합니다
127 ··· 믿음의 거장 백암 전재규 박사님께 上書
131 ··· 최대해 총장님께 宿命傳書
133 ··· 사랑하는 신성길장로님 귀하
135 ··· 반야월중부교회 담임 서정모목사 성역25년 축하詩
137 ··· 본 교회 사랑하는 후배 장로님들께 詩的글 편지

3부 사랑

142 … 가을에 만난 사람

144 … 봄에 부활의 찬양시

145 … 청라(담쟁이)

146 … 大河

147 … 짙은 향기 인생 여정

149 … 저 높은 곳을 향하여

150 … 그가 나에게 말씀하다

151 … 동무 생각

152 … 고향 생각

153 … 역전의 용사 투지의 길

155 … 반야월중부교회등록 출석한 지 60년 지난 세월

157 … 눈 내리는 날 기차여행

158 … 봄맞이 꽃이 먼저

159 … 아침 산행 언제나 아침 공기는

160 … 오묘하다. 저렇게도 (1) (2)

161 … 뜻이 있는 곳 기회 있다

162 … 사람을 따라가면 바보 멍텅구리

163 … 행복을 찾아 붙잡으려고

164 … 봄 봄이 오는 강가를

165 … 동녘이 트이니

166 … 단순함을 찾는다 단순하면

167 … 세상을 밝히는 책

168 … 고향따라 삼천리 가느다란

169 … 지혜자와 동행

170 … 봄 햇살 봄 햇살이 살며시

171 … 빛을 향하여 둘이 함께 걷는 날이

172 … 물소리

173 … 바람소리

175 … 꿈을 펼쳐라, 비전을 펼쳐라, 기적을 이루리라

176 … 그리움

177 … 설경

178 … 젊은 날

179 … 익어가는 가을

180 … 세월은 말한다

181 … 少女의 마음

182 … 앞산길 길위에 잔설

183 … 호수같은 그리운 마음

184 … 매미소리 옛날 옛적 가로수

185 … 가을 하늘은 푸르고 높고 맑아

186 … 자연애찬

187 … 희망

188 … 가는 세월

189 … 샘곁에 심겨진 나무

190 … 너는 알고 있지

191 … 천지창조 이래

192 … 살금살금 걸어라

193 … 사랑으로 지켜보는 눈빛

194 … 내 곁에 계신 분

196 … 돌탑

197 … 가을애찬

198 … 묵묵한 세월

200 … **평설(評說)** 詩구조와 미학적 의의로 형상화한 신앙의 불꽃
　　　　　　김남식 박사(시인·도서평론가)

206 … 류재양장로 걸어온 발자취

208 … 류재양장로 저서

1부

믿음

불퇴전의 勇將 김동권 목사

(제85회 대한예수교장로회 총회장, 진주교회)

칠흑같이 어둠밤 한줄기 별빛을 찾아
전심전력 달려도 보고 뛰어도 봤다
팔팔한 청춘에 거친 파도를 넘어서
천리길 멀지않다 하고 오르내리시더니
전화위복 살아나서 정상에 올랐다
의로우신 이가 이렇게 세워 주셨다
김매는 농부같이 땀값을 알게 한다
동녘하늘 솟아 오르는 태양 빛나듯
그는 동쪽하늘 노을빛 찬란히 빛낸다
보수의 깃발들고 일생을 걸어 간다
교단의 정체를 밝혀 든든히 세웠다
권세 능력 주께서 주심을 고백하고
목마른 양떼 깊은 우물 생수 퍼준다
사랑의 양떼 곁에 영원히 빛나리다

정치 구단의 德將 서기행 목사

(제89회 대한예수교장로회 총회장, 서울 대성교회)

정에 울고 정에 웃는 정치를 못내
아쉬워한다
치열한 정치 보이지 않는 지략
유유자적 풀어간다
구름속에 감추어진 무지개 일곱색깔
빛을 찾아내더니
단단한 반석위에 구중궁궐 짓고
하늘에 별을 잡드니
합동과 개혁 통합
이룩하였소
그는 서쪽 하늘 노을빛 찬란히 빛낸다
기둥같이 버티어 보수 교단 정체를 지키는
그는 보수의 기수이다
행복한 여생에 사명자의 가는 길
후광이 빛나리다

섬세 정밀의 智將 홍정이 목사
(제89회 개혁 대한예수교장로회 총회장, 서울 안디옥교회)

閃光의 번쩍이는 불빛 반짝반짝

智慧가 빛난다

세상이 감당치 못 하는 믿음 소유자이다

政事를 밝게 알고 政事를 꿰뚫고

미래를 열려 가는 智將이다

밀고 당기는 智略가로 깊은 속 마음

좀처럼 드러내지 않는다

역시 지혜를 흘릴까봐 걸음도 사뿐사뿐 걷기에

그의 마음의 倉庫에 보물이 가득 채워있는 智將이다

義의 편에 서서 어쩌다 말하면

누에고치에 명주실 풀어내듯 값진 綿絲실로 풀어낸다

결국 그의 時代 그의 智略이 양 교단 合同되어 바다를 이루고

長子의 명분도 찾게 되었다

홍학처럼 高高하여 自態도 다시 없이 아름답다

정의와 眞理 생명처럼 存重하니

이로써 人生 旅程 삶의 지혜 가슴에 소복이 담겨

빛과 香氣를 발한다

牧者의 가는 길 榮光의 길 되어

使徒같이 召命을 불태워 가리로다

성령불의 사자 소강석 목사
(대한예수교장로회총회 제105회 총회장, 새에덴교회)

제자되어복음들고가는길
백합꽃향기짙게뿜어내고
오순절불의혀같은성령불
회오리바람같이타오른다
대망의큰뜻을心碑에품고
한줄기밝은빛온몸에받고
예사롭지않게笏를받았소
수많은양떼생수를퍼주고
교단사랑화염에타오르니
장자권받아별같이빛내고
로정길동행이아름답구려
회상하는날홍보석을캐고
총총한별쏟아지는여름밤
회자하는말주의뜻높이고
장구한세월새역사를쓴다
소리없이흘러간무정세월
강물같이도도히흘러가니
석양노을저물어오기전에
목자는길잃은양떼돌보고
사랑을주님께고백하리다

2020년 9월 21일

축시

白巖의 길 哲學

(대신대학교 제5~6대 백암 전재규총장)

어깨동무 하고 보리피리 꺾어 불던
靑蘿언덕 LUKE 東山, 宣醫의 mes를
잡고 숨결 고른지 半平生, 귀밑머리 희어져
喜壽가 찾아오시는 줄 모르시는지 벗들은
벌써 隱遁하여 悠悠自適 하는데 白巖先生은
어찌하여 泰山을 湧登하려 하시는지! 그제는
民族精氣 일깨워 三, 一길을 내시드니 이제는 白夜의
푸른꿈 청솔언덕 栢泉의 啓示東山 옹달샘에 도끼날을
浮上하시였소 黙示霙驗 盤石위에 玉盒을 깨뜨려 白巖의 魂
아로새겨 놓았으니 心腸의 鼓動 뛰고 있음이여 ! 使命을 다하는 날
님을 向한 白骨難忘이란 아늑한 栢紫山 자락에 고이 담으소서

2011년 5월 29일

축시

白巖의 뜻
대신대학교 제5~6대 백암 전재규총장 八旬 감사예배

人生 나그네 길 그 가슴에 噴出되는 스승의 높은 뜻
식을 줄 모르는 活火山 마그마 같은 情熱을 품고 여미더니
구름에 가려 뾰쪽이 웃으며 내미는 초승달을 보셨나요
새잎 피어나고 꽃 봉우리 터질 듯
쏟아지는 햇살을 정원에 소복이 담아두고
짙은 思索 푸른 뜻을 정하여
숨고를 겨를도 없이 뛰고 오르더니
때마침 뭉게구름 피어나고 소낙비 내리던 그날에도
청라언덕 오르내리며 生命使役 아끼더니
어느새 흐르는 溪谷물 反芻의 물결에 비치는 나그네
단봇짐 짊어진 老客을 응시하셨소
이제 멀찌감치 느젓느젓 바라보는 날에 높디높은 黙示靈驗 받아
미완의 望臺위에 오른 파수꾼의 이슬 젖은 오지랖을 보셨나요
전날에 가졌던 靑雲의 꿈
깊은 샘물 길어 올려 築臺 쌓고
뜻 깊은 大神의 선지동산 白巖의 얼 새겨놓고
이날에 오실님 鶴首苦待 맞이하려 종종걸음 거닐면서
백자산 자락에 정녕 白巖의 魂, 一惠의 精神
아름다운 향기 아로새겨 놓았소

2016년 7월 15일

축시

白巖의 鬪魂
(대신대학교 제5~6대 백암 전재규총장)

全身甲冑 입고 理想을 높이여
재능과 聰明智慧 卓越하게 받아
규율과 준칙의 저울에 均衡잡고
대신대의 崇高한 榮譽의 전당
신비로이 아름다움 일깨워주니
대대손손 榮光의 길 이어지리니
명예롭다 오늘도 높은 뜻 정하여
예사롭지 않게 玉盒을 깨뜨려 당신게 바치오니
총총히 밝히는 하늘별빛같이 保存되어
長久한 歷史에 남기우리다

2020년 12월 5일

축시

大海의 길

(대신대학교 제8~10대 최대해총장)

최선두에 서서 굽힐 줄 모르는 鬪志로

오늘도 栢紫山자락을 오른다

대의를 품고 未來의 꿈을 심기 위해

東家西食하며 噴發하니

해뜨는 날 苦待하며 靑出於藍

秘密을 心碑에 아로새겨주고

大神의 先知東山 사랑 경건 학문

建學理念 尊重하여 明聲을 높인다

신앙의 뿌리 盤石위에 세우고

想想의 금빛 날개로 飛上하게 하니

大望의 새해를 바라보며 確信에

가득찬 모습 生氣를 發散하고

총총한 별빛 쏟아지는 밤 燦爛히 비치고

銀河水 맑은 물 한盞 뜨서 마시고 싶소

장구한 歲月 왔다가는 人生 旅程

香氣를 풍긴다

2020년 11월 30일

대신대학교 讚歌

1. 오목천/ 맑은 물결/ 대해에/ 흘러들고/
   성암산/ 푸른 언덕/ 믿음의/ 반석되리/
   달구벌/ 넓은들에/ 외치는 자/ 소리되어/
   청솔언덕/ 올라서서/ 날개를/ 펼치리라/
   겨레의/ 등불되어/ 세상 밝히는/ 빛되리라/
   아! 아!/ 선지동산/ 복음의 전당/ 대신대학교/

2. 여명이/ 밝아온다/ 계명성/ 밝아온다/
   기도로/ 밀어주고/ 찬양으로/ 끌어주리/
   달구벌/ 넓은들에/ 사랑의/ 제자되어/
   청솔언덕/ 올라서서/ 용기를/ 펼치리라/
   민족의/ 등불되어/ 세상밝히는/ 빛되리라/
   아! 아!/ 선지동산/ 진리의 전당/ 대신대학교/

3. 기도와/ 학문으로/ 뜨겁게/ 이어가리/
   전도자의/ 순례 길/ 사명자의/ 좁은 길/
   달구벌/ 넓은들에/ 그리스도/ 향기되어/
   청솔언덕/ 올라서서/ 학문을/ 펼치리라/
   복음의/ 등불되어/ 세상밝히는/ 빛되리라/
   아! 아!/ 선지동산/ 말씀의 전당/ 대신대학교/

〈교가 해설〉

1. 오목천/ 맑은 물결/ 대해에/ 흘러들고/

경상북도 경산시를 가로질러 대구광역시 동구 금호강(琴湖江)으로 흐르는 오목천(烏鶩川)의 명칭은 아래 기사에서 연유합니다. 임진왜란 당시 곽재우 장군과 그 병사들이 피곤하여 압량면 천변(川邊)에 잠들었을 때 왜구가 침입하고 있었습니다. 이때 까마귀 떼가 시끄럽게 울어 의병들을 깨워 왜구를 물리칠 수 있었기에, 이곳을 오목천이라 불렀다고 합니다. 이 오목천은 경산시 압량면, 자인면, 용성면, 남산면 일원의 들판을 적시고 흐르기에 일대에 걸쳐 생명의 젖줄이 되고 농공업용수의 수원(水源)이 됩니다. 이 물줄기는 경산시를 동서로 가로질러 압량면 금구리로 흘러들고 대구시 동구 금강동으로 이어져 금호강에 합류합니다.

맑게 흐르는 오목천 물이 경산시 일원의 생활용수가 되듯이, 경산시 백천동에 위치한 대신대학교가 생수의 근원이 되어 유유히 흐르는 물결과 같다는 의미가 있는 도입부 가사입니다. 대신대학교 선지생도들 역시 오목천 맑은 물결에 감사하는 마음으로 교가에 담아 함께 부를 때에 생기가 발산되고, 까마귀 떼 울음 덕분에 곽재우 장군과 의병들이 왜구를 물리친 자부심을 일깨우게 되며, 국가와 민족이 위난에 처할 때 하나님의 기적과 같은 역사를 일으키는 역할을 감당할 수 있을 것입니다. 경산시 지경에서 예루살렘 땅 시온산 같은 위치에 든든히 자리 잡은 대신대학교가 선지생도들을 신학자와 목회자로 양성하여, 귀하게 쓰임 받는 구령(救靈) 사역자를 배출하는 학교가 되자는 의미를 은유적(隱喩的) 시(詩)로 표현하였습니다.

2. 성암산/ 푸른 언덕/ 믿음의/ 반석되리/

성암산(聖岩山)은 경산시 백천동에 위치하는 대신대학교 인근 영산(靈山)입니다. 성암산에는 압독국(押督國) 충신들과 신라국 화랑생도, 그리고 삼국통일 주역들의 무술훈련장이 있던 곳입니다. 당시 많은 군마(軍馬)에 물을 먹이던 말매지[馬池] 유적지가 현존하고, 경산지역 호국영령들이 잠들어 있는 곳이며, 순국위령비가 세워져 있는 애국정신이 깃들어 있는 명산입니다. 학교가 자리잡은 곳의 뜻깊은 역사를 마음에 새겨 민족복음화를 위한 사명자가 되자는 의미를 담은 노랫말입니다.

3. 달구벌/ 넓은 들에/ 외치는 자/ 소리 되어/

광야에서 외친 세례요한같이 구주 예수님을 증거할 때 이 시대, 이 지역의 '외치는 자'가 되라는 염원을 담은 가사입니다.

4. 청솔언덕/ 올라서서/ 날개를/ 펼치리라/

청솔언덕의 '청솔'은 예수님이 선물로 주신 믿음의 굳센 절개를, '언덕'은 우리의 의지가 되시는 주님을 뜻합니다. 대신대학교 선지동산에서 학문과 말씀을 마음껏 배우고 연구하라는 의미를 내포한 가사입니다.

5. 겨레의/ 등불되어/ 세상 밝히는/ 빛 되리라

주님의 신실한 제자요, 겨레의 등불이 되어 흑암처럼 어두운 세상에서 복음의 빛을 밝히는 지도자를 양성하는 대신대학교의 중요성을 읊은 가사입니다.

6. 2절, 3절은 쉽고 자연스러운 표현을 통해 미래세대 신학자와 목회자를 양성하는 배움의 터전인 대신대학교가 생명력이 살아 숨쉬는 학교, 주님의 빛을 발하는 학교가 되기를 소망하는 마음을 담아 시로 표현하였습니다.

7. 강과 산과 들이라는 자연은 하나님이 그 지역에 거주하는 사람들에게 생활 터전으로 선물해 주신 창조물입니다.

경산시 일원은 맑은 하천과 풍부한 수자원, 넓은 들에서 수확되는 각종 농산물이 풍부하여 거주민에게 풍요로운 삶을 제공하였습니다. 현재는 경부선 철도와 여러 고속도로가 연결되는 교통요충지이며, 대구시 수성구를 인접한 주거 및 농공업 집약지역이 되었습니다. 또한 경산시는 삼국시대 이전에 압독국이 지배하던 역사 깊은 지역이며 신라국 화랑들도 훈련받던 곳입니다. 고로 경산시 일원을 지배한 국가가 한반도를 통일하고 강성대국이 되었습니다. 또한 경산시 지역은 옛부터 삼성현(三聖賢)을 비롯한 인재 배출 지역으로도 유명합니다. 현재 경산시는 전문 지식인을 양성하는 12개의 종합대학교가 자리한 명실상부한 대한민국 제일의 교육도시입니다. 특별히 경산지역은 미국 북장로교 소속 아담스(James Edward Adams, 한국명 : 안의와安義窩) 선교사가 개척한 사월교회, 반야월교회, 진량제일교회, 송림교회, 조곡교회, 금곡교회 등 120년 역사를 넘는 20여 교회가 건재한 곳이기도 합니다.

이렇게 아름다운 자연이 자리하고 장대한 역사가 흐르며 신앙의 뿌리가 깊이 내린 지역에 대신대학교가 우뚝 세워져 민족복음화와 세계선교의 전초기지 역할을 감당하고 있습니다. 인재를 배출하고 양성시키는 데는 빼어난 지리적 환경과 유구한 역사에 기반한 신념과 뜨거운 신앙심이 크게 작용합니다. 대신대학교 선지생도들은 오목천 맑은 물이 흘러 흘러 낙동강에 합류하여 큰 바다를 이루듯이, 이 배움의 현장에서 대구경북 지역과 대한민국 아울러 세계 열방에 이르는 주님의 지상명령을 이행하는 사명자로 우뚝 서기를 원하는 교가의 의미를 알기를 원합니다.

2024년 1월 26일 류재양 장로 드림

축시
安和植長老 古稀宴
(산격제일교회)

詩人은 말하였소
우리의 연수가 칠십이요 강건하면 팔십이라도
그 연수의 자랑은 수고와 슬픔뿐이요
신속히 가니 우리가 날아가나이다 라고 하였지 않소
벗이여 인생길 여정에 북풍한설 몰아치는 인고의 세월
칠십고개 잘도 넘었소
노도풍랑 거친바다 조각배에 노저어 칠십성상 견디어 왔으니
장하도다

안도하소서 안전한 포구로 인도하시는 이 계시니
사명자여 일어나소서!
화창한 봄날 따사로운 햇살이 그대 정원에 쏟아져 내리고 있소
식수 복이 가득하여 오곡백과로 床이 베풀어져 있으니
벗이여 친구여 구원의 盞을 높이 드소서

2011년 10월 15일

축시
황정심장로 칠순 감사예배
(화원천내교회)

황금빛 물결 구비치는 들판 저 멀리 저 산 넘어 노을이 황홀한데
정든 님 애정 어린 눈빛으로 그대 손을 잡은 채 눈보라 휘몰아치는
   고개 언덕 칠십 성산 잘도 넘어왔소
심장의 고동치는 맥박 귀 기울여 들어보소
   나그네 인생길 빈객이니 어디서 쉬어 가려 하오
장하도다, 장하구려
   여호와를 경외하는 특심으로 그대 잔이 차고 넘칩니다
로뎀나무 아래 기진맥진 쓰러지려 할 때
   천사 일깨워 거뜬히 일어나 가는 길 동행하였소
칠흑같이 어둔 바다 거친 풍랑 일어나 등대 빛 희미해져도
   주님 그 바다 향해 명하시니 잔잔해졌소
순결한 계명 눈빛을 밝히니 마음에 묵상 주께 열납 되었으니
   아름다운 복으로 영접하고 정금 면류관 머리에 씌우셨도다
감사하세 감사하구려
   주 은총 받았으니 기쁘고 즐겁게 주의 능력 높이고
   주의 권능 칭송하소서
사랑의 열매 가득 꽃바구니에 담아 향기로운 내음
   항상 물댄 동산 같게 하소서
예수님 사랑의 날개 아래 평안히 안식하고
배타고 나아가 그대의 뿔은 높이 들게 하시니

저의 힘의 영광이심이라
배우자 손순태 권사님과 한평생 동고동락하였으니
그 손에 열매 그에게 돌아갈 것이요
그 행한 일로 인하여 성문에서 칭찬 받으리로다
할렐루야 아멘

2012년 11월 10일

격려시
제43회 전국장로회연합회 회장 이호영장로 취임
(서울 대남교회)

전적 그의 사랑 그 은혜 무엇으로 보답할고
국적불명 세속문화 그대 휩슬려 들지 않았소
장하도다 장고의 세월 인고로 견뎌냈소
로뎀나무 아래서 칠전팔기 일어서니
회자되는 옛 이야기 귓전을 맴돌고
연연세세 도전정신 일깨워 지평을 넓혀
합심단결하여 빛을 발하고
회장으로 등용되어 최후의 보루로 쓰임 받고
회상하고 돌아보니 감사할 뿐이지요
장구한 세월 이름을 남기고
이제 그대 불러 사명자로 세웠으니
호사다마하니 믿음 소망 사랑 간직하여
영화로운 영광의 빛 비춰 주신다오
장자권을 받았으니 번성하고 창대하소서
로변정담도 님과 함께 다소곳이 정감을 나누소서

2013년 11월 30일

축시
제46회 전국장로회연합회 회장 송병원장로 취임
(서울 늘사랑교회)

전능(全能)하신 하나님 높은 뜻 崇高한 經綸
국화향기(菊花香氣) 짙어가는 만추(晩秋)의 계절(季節)
장구(長久)한 歷史 밀려오는 波濤에 거친 바다
로뎀나무 그늘아래 쉬어가는 나그네여
회자(膾炙)되는 그 님은 어디에 숨어 들었소
연기(煙氣)없는 불꽃 타오르게 하소서
합창(合唱)하는 아름다운 音樂 귓전에 맴돌고
회상(回想)되는 그 옛날 님의 이야기 꿈속에 속삭이고
회오리바람(風) 타고 무지개 빛 活弓 하늘에 오르시니
장자권의 비밀 가슴떨려 白髮이 와도 妄覺하지 마오
송이송이 눈꽃송이 되어 선하고 아름다운 열매맺어
병풍(屏風)같이 둘러선 證人은 마음에 아로새겨
원대(遠大)한 希望 님을 향한 熱情 식지마오
장대(壯大)한 지팡이 오른 손에 잡고 廣野길 거닐더니
로정(路程)길 陝谷에서 精金같이 빛내소서
취임(就任)하는 날 하늘이 맑고 달은 밝게 떠오르니
임께서 손 내밀어 기름부어 盤石위에 세우심이
축하(祝賀)하는 인파 구름같이 밀려오니
하나님의 祝福 낮은 곳에서 받으소서

2016년 11월 24일

축시
제48회 전국장로회연합회 회장 윤선율장로 취임
(안동 대흥교회)

전화위복의 기회를 놓치지 말아요, 천재일우이니
국화향기 짙은 만추 알곡을 곳간에 채우고
장자들 성문에 모여 앉아 미래 개척을 논한다
로변정담이 인생 삶의 철학과 지혜 묻어나니
회자되는 옛이야기 다소곳이 사랑의 마음 품어준다
연합정신 일깨워 대동단결로 정체성 회복하고
합력 전진하여 선한 뜻 굳게 잡고 복음의 빛 발하고
회전목마 바람 일으키듯 새바람 새 역사 남기시어
회장에 등극하여 포용과 관용으로 상상의 날개 펴고
장구한 역사 이어가는 전통의 갑옷 빛을 발하게 하며
윤택하고 기름진 태평성대 열어 복음의 등불 밝히어
선하고 인자함도 보이지 아니하는 손이 있음을 깨달으리
율례와 법도 인생의 기본척도니 종착역까지 보존하고
장래에 부강한 삶 강성한 생명력 상기한다
로뎀나무 그늘아래 떡과 물을 받아먹고 생기를 얻어
취임하는 날에 "나는 나의 서원을 갚으리라"
임의 사랑 구원의 잔을 들고 당신 앞에 고백 하리다

2018년 11월 29일

축시
제34회 동대구노회남전도회연합회 회장 정시호장로 취임
(대구 북일교회)

동녘 하늘 바라보라. 찬란히 솟아오르는 태양의 빛
대해를 노 저어가는 조각 배 한척, 파도를 거슬러 올라간다
구름이 바람에 흘러가듯 질주하는 세월 붙잡을 수 없으니
노젓는 뱃사공 힘이 들어도 방향을 잡아 포구에 도착한다
회상되는 인생길 아쉬움과 그리움이 스며있어도
남아일언 중천금 결의를 다져 곧은 길 진리의 길 걸어
전략을 세우고 대열을 정비한 선장 뱃머리를 돌려
도도히 흐르는 파도를 거슬러 올라가는 기개(氣槪)
연대적 사명 이어받아 개척자로 우뚝 서 봐요
합심단결하여 지상명령 준수하여 선한 뜻 가지런히 이루어
회귀하는 그날 금의환향 쉬지 말고 달리소서
회전하는 그림자 흔적을 새겨놓듯 새 역사 남기고
장수의 화살 과녁을 맞추니 따르는 군사 용기를 일으킨다
정상을 정복하여 저 멀리 바라보고 관용의 마음으로
시시때때로 일어나는 파도 잠재우려 기도한다
호불호 흔한 일에 일희일비 하지 말고
장수답게 대하고 평화의 시와 찬양을 올려
로변정담 인생 삶에 철학이 묻어나니
취사 선택 선한 뜻 붙잡고
임향한 일편단심 헌신 봉사로 매진하소서

2018년 12월 1일

축시
제51회 경북장로회연합회 회장 朴敬一 장로 취임
(구미 강동교회)

경사스러운 그날 수많은 백성 앞에 박수갈채받고
북두칠성 빛난 별 밤길 찾는 조각배 가는 길 밝혀주고
장수의 화살 과녁을 맞추니 따르는 군사 용기를 일으킨다
로변정담은 인생철학 묻어내고 선한 뜻 굳게 다지고
회중시계는 나그네 인생길 어디쯤 왔는지 경음을 들려준다
연속되는 전투, 갑옷입은 장수의 지략으로 정상을 정복하니
합심단결 화합하여 이 강토에 조화로운 나팔소리 들려주오
회의깃발 선두에 잡고 달리는 기수, 기상도 늠름하구려
회장에 오르니 금의환향 반겨주고 희망의 등불 밝혀준다
장자의 명분 보존하여 청사에 빛난 공적 쌓아놓고
박장대소 웃음소리 강 건너 오막살이 집에 들려온다
경상도 남아답게 말보다 용단 있게 결단력을 나타내고
일파만파 일어나도 단숨에 잠재워 태평성대 이룩하며
장구한 세월도 바람결에 지나가니 인생 가는 길 물어서 가소
도성실 나그네도 노을이 짙어지면 본향을 사모한다
취향의 풍기는 향기에 도취되어 멀리멀리 가고 싶소
임 따라 가는 길 봄날의 햇살 받아 행복 가득하소서

2019년 1월 5일

축시

김인규원로장로 추대
(대구 서일교회)

서광이 빛나는 그날 유난히 밝게 뜬 별빛
일사천리 단걸음에 달려온 칠십년 세월
교우들과 함께 손에 손잡고 이 땅을 밟았소
회상하면 이제 추억도 깊고 꿈도 크셨소
김 매는 농부처럼 묵묵히 30여년 오직 한 길
인내와 성실로 장로의 사명 다하려고
규율을 따라 높은 뜻 거룩한 섭리에
원대한 꿈과 희망의 비전을 펼쳤으니
로정길 아름답고 영원을 사모하여
장구한 세월에 알찬 믿음으로 이어져온 길
로변정담 귓속말 우정도 깊게 한다
추억은 아름답고 미래는 햇빛 같구려
대의 품고 사명 따라 걸어온 은혜길

2019년 10월 26일

축시
대명교회 비전센터 준공 장창수목사
(대구 대명교회)

대의의 꿈을 품고 登高望遠하여
명료한 啓明星 燦爛히 비춰주니
교우들과 함께 이 땅을 밟아 본다
회상하는 먼 훗날 울고 웃는 인생길
담아한 領悟로 골방에서 靈驗 받아
임 向한 敬畏心 施恩所에 담아놓고
장구한 歲月 靑春을 이 山에 녹이고
창창한 별빛, 밤하늘 恍惚히 밝히니
수려한 智慧 깊어, 길이 欽慕케 한다
목가를 부르며 그의 이름 높이리라
사명을 받아 使命에 살아가련다

2019년 11월 16일

축시
동대구노회남전도회연합회 제35회 회장 서태교장로 취임
(대구 동원교회)

서광이 빛나는 동녘하늘 바라보며
태양이 힘 있게 솟아오르는 그 아침
교각의 뿔을 돋우고 광야길 향한다
장자권의 명분 존중하여 역사를 쓰니
로정길 순례자는 그 땅을 그리워서
동고동락 함께하는 동료 포옹하며
대망의 꿈 이루려고 동분서주 뛰어
구름이 피어오르고 햇빛 반사하니
노을 짙어지면 목동 양떼 몰고 온다
회고하는 먼 훗날 따뜻한 봄날 생각
남아일언 중천금 진실과 정의를 품고
전도인의 사명따라 선두에 서서
도성인신 그의 길 증거하리라
회자하는 이야기 듣는 이 감동하며
회장의 중책 명검같이 다금질한다.
취향 향기 뜰 안에 가득하니
임 사랑 그 은혜 무엇으로 보답하랴

2019년 11월 16일

축시
대기총 제12회 대표회장 신현진목사 취임
(대구 남부교회)

대답을 좀 해 보이소
구도자여
기도시 태초의 음성 자연의 소리
독경삼매는
교만의 껍질 벗기니
총명 지혜로 디딤돌 삼고
연합의 조화로다
회자되는 세상 말에 귀 기울이지 마소
대표 중 대표로 뽑혔으니
표창을 받으소서
신의 섭리 따라 신바람 불거든
현명 판단하여 무등을 타이소
진리 등대 밝히는 파수꾼이여
목마른 양떼
사랑의 생수 피 주소
취한 용사여
임의 품에서 찬양을 부르소서

2004년 10월 22일

축시
희망의 등대 빛 이판근목사
(대구 관문교회)

이   이상을 높이고 높이셨다
       이기고 승리를 주셨습니다
       이 땅 이 겨레 위해 위대한 탄생 일구어 내시고
       희망의 나래로 날아올랐습니다

판   판단력 고상하고 가슴 따듯하더니
       은은하고 세미한 주님의 음성 들으셨나요
       아련한 절망이 바다, 절벽 끝에 서 있는 나그네여
       이제 희망의 등대 빛 환하게 비치시네

근   근면 절약정신 엄연한 표상으로
       끝내 다지시더니 생명선에 실어 나르시어
       꽃보다 아름다운 생명 줄기 소생시켜
       꿈의 열매 맺게 하시니 환희의 감동
       휘날려 더 높이높이 휘날리소서

2013년 7월 13일

축시
대기총 제24회 대표회장 이승희목사 취임
(대구 반야월교회)

대자연의 신비
구름같은 나그네 인생
기름부어 세웠으니
독수리 창공 비상함이
교감 더 높이어
총애를 받아
연합정신 일깨워
합창하는 묵시영음이 마음 애처러워
회자되는 이야기
대해같이 넓히고
표상을 세워 잔주름 백발이 와도 망각하지 마소
이 땅 대구를 기경하여
승리의 깃발 휘날리니
희망의 노래 부르며 힘차게 달려
목마른 양떼 생수를 끓어 올려주고
사도처럼 구원의 잔을 높이 들고
취향 순례자의 길에
임의 향기 듬뿍 받으소서

2016년 11월 27일

축시
대기총 제21회 대표회장 남태섭목사 취임
(대구 서부교회)

대대승승 등용문 열리니
구름 위 하늘에 찬란한 별빛이 반짝인다
기다리던 님의 소식 전갈이 왔소
독야청청 홀로서서
교역자의 외로운 길 님과 함께
총애를 받고 서니 다소곳이 안아줍니다
연연세세 영광이 되어
합동하여 선을 이룩하니
회자되는 기쁜 소식 귓전에 맴돌고
대기만성 글자를 가슴에 아로새겨 담고
표창패 받는 그 날까지
회심의 검도를 꽂지 않으리
장하고 장하구려 그 이름이여
남달리 선택받아 사명자의 가는 길에 지팡이를 놓지마오
태산준령에 님과 함께 가면 달구벌 마루턱도 오를 수 있소
섭리와 경륜따라 예루살렘 성안에는 샬롬이 가득하리로다
목마른 사슴이 시냇물 찾으니
사랑의 깃털로 생수를 적셔 큰 언덕 대구를 품어 주오

축시
이동관목사 위임
(대구 대동교회)

대자연을 創造하신 全能者의 命을 받아
동녘하늘 아직 희미하니 餘明이 밝아오는 날
교지를 받아 순종하니 동관의 揮毫 빛내고
회전하는 저 빛 그림자 없으니
이때를 위해 오른손 잡고 세우시며
동산의 열린 무덤 문 보았으니 부활의 증인
관대한 마음 한결같이 고우시니
목마른 양떼 생수를 퍼주고
사랑의 뜨거움 용광로같이 달아오르네
위대한 역사를 대동 재단에 새겨놓고
임께 받은 使命 뜨겁게 타오른다

2018년 1월 1일

축시
2017년 경북장로회연합회 회장 김태영장로 신년교례회
(칠곡 숭오교회)

금빛 찬란히 비치니 가든 님 돌아오고
태고의 신비 앞에 고향 정취 묻어난다
영화롭고 빛난 밤에 그대 함께 걷고 싶소
장자권의 비밀 가슴 떨려
로정길 험야에서 정금같이 빛내소서

2017년 1월 14일

축시
대신대학교 재단 理事長 職務代行 신현태장로
(대구 남부교회)

이상을 높여 저 위를 바라 보아요
사랑하는 이가 있어 얼마나 좋소
장구한 세월 그와 함께 걸어 가서
직함을 보여 주면 얼마나 좋으랴
무대 위에 있을 때 연출 아름답게
대신의 선지 동산 잊을 수 없도록
행적도 마음도 거기에 담아 놓고
신의와 진리 강같이 흐르게 하여
현명 판단 받는 날 금 면류 받아
태산 보다 높은 은혜 심장이 띈다
장수의 화살 箭筒에 가득 채워놓고
로정길 가는 그대 後光이 빛나리다

2020년 12월 24일

축시
義와 仁과 信의 오홍근장로
(부천 부성교회)

오롯이 그와 함께 시온산에 올라
홍보석 캐어 施恩沼에 담아 놓고
근하신년 한 토막 便紙를 보낸다
아지랑이 피어 오르는 봄 나드리
우아한 걷옷 벗고 가볍게 거닌다
사랑을 주고 사랑을 받아야 하지
浪浪하게 살아 보려 마음 비운다
해뜨는 아침 달뜨는 저녁도 좋소
義로운 길 眞理의 길 좁은길따라
인생 廣野 길 지팡이랑 놓치마오
신앙의 뿌리 盤石위에 세워 놓고
오롯이 그와 함께 호젓이 가련다

2020년 12월 24일

축시
제102회 대한예수교장로교총회 이승희목사 부총회장 당선
(대구 반야월교회)

이땅에 기쁨과 歡喜를 사뿐히 던져주었소
승리의 깃발 높이드니 그대의 뿔을 높이셨네
희망의 燈臺빛 저 멀리 비쳐오니
목장의 언덕길 거니는 戀人들처럼
사도같이 巡禮길 同行하시어
夫唱婦隨 멜로디도 아름답구려
총총한 별빛 밤하늘 밝힐즈음
회전하는 그림자 꿈(夢)같이 지난다오
장고하는 祈禱 深奧한 뜻 이루었으니
당당하게 正義를 물같이 公義를 河水같이 흐르게 하소서
선장으로 拔托되어 사랑의 꽃다발 받으시니 理想을 높이소서

2017년 10월 26일

격려시
대기총 제25회 대표회장 김기환목사 취임
(대구 동광성결교회)

대망(大望)의 그날이 목전(目前)에 임(臨)하니
기쁨도 즐거움도 다소곳이 기다리고 있소
총총한 별빛 찬란히 비치니 먼동 터오려고
대대승승 믿음을 계승하니 시온의 대로 열리며
표창장 주(主)게 수여받아 상급이 가득차 있으니
회자되는 옛 이야기 님의 뜻 높이고
장수의 활을 굳게 잡고 전신갑주 무장하여
김매는 농부 구슬땀 새벽이슬 옷소매 적시니
기한이 돌아오니 탐스런 열매 정원에 가득하오
환영하는 얼굴빛으로 두손 모아 잡아주시니
목자는 저멀리 아득한 시온성 바라보며
사랑의 따뜻한 온기 얼음바다 녹이시니
취한님 곁에 고요히 앉는 그날까지
임따라 천리길 단숨에 달려왔으니 꿈에도 잊으리오

2017년 12월 3일

격려시
제19회 대구지역장로회연합회 회장 이용화장로 취임
(대구 북성교회)

지금 조용히 한 걸음 물러서서
깊은 사색, 시름에 잠겨 묵상하니
당신의 뜻이라면 언제 어디든지 따르리다
말없이 흐르는 여명의 세월 붙잡으소서
변화무쌍한 삶의 예 터전 꽃길처럼
아름다웠더라도
옛 잔디 마른 잎에 푸른 싹이 솟아나고
연푸른 나뭇가지 뻗어나던 날
먹구름 천둥치는 소리
귓전에 자지렀구려
엉걸어 가는 석류알 주홍빛 눈부시고
오색 불든 황금산야 그 찬란함이
감흥에 되는구나
그대 오늘 달려온 길에
월계관을 받아 쓰니
큰 언덕 솟아오른 예루살렘 영광
다시 한번 회복시켜 님에게 바치소서

2007년 11월 20일

격려시
제25회 대구지역장로회 회장 최병태장로 취임
(대구 세계로교회)

대대손손 승승하여

구별되게 보호받았으니

지성이면 감천이라오

역사를 유구하게 이으시고

장자권을 받아

로변정담(爐邊情談) 나누며

회심의 깊은 상처 영혼을 소생하니

회전하는 구름수레

장래 일은 주께 맡기소

최후의 보루가 되어

병에 가득 찬 눈물의 기도의 향연

태양이 떠오를 때까지

장구한 역사를 빛내시어

로정 길 푯대를 바라보오

2014년 1월 17일

격려시

제39회 전국남전도회연합회 회장 홍석환장로 취임
(대구 강북성산교회)

전무후무한새역사를쓰며
국내외복음전파깃발들어
남달리선교열정불타올라
전세계열방에주보혈전해
도성이신오직예수십자가
회자하는이야기부활승천
연단된신앙정금같이빛나
합심단결로사명자길향해
회고하는그날영광스럽게
회장의직무진충갈력하여
장수의화살과녁을관통해
홍학같은자태경이롭구려
석양에노을빛찬란하여라
환희에빛나는꿈꾸는그날
장사의명예존중이보존해
로변정담귀속말우정깊고
취한향기천리길품겨나며
임따라가는길영원하도다

2019년 9월 4일

격려시
제49회 대구광역시 장로회 총연합회 회장 김성태장로 취임
(대구 한샘교회)

대의로 높은 뜻 상상의 날개 펼쳐
구만리 높은 하늘 우러러 바라보며
광야길 험산준령도 오를 수 있소
역사의 중심에 서서 지팡이를 잡고
시대를 읽어보는 안목을 넓혀
장수의 화살 전통에 가득 담아
로변정담 묘략을 가다듬어
회자 이야기는 진리로 자유케 한다
총총한 밤하늘 별빛 유난히 밝다
연합정신 일깨워 높은 파도 이겨내며
합심단결로 새로운 역사를 쓴다
회전하는 그림자 같이 세월도 쏜살같으니
회고하는 먼 훗날 대의명분 있게 하소
장자의 명분 영적근간 뿌을 높여
김매는 농부 새벽이슬에 땀방울도 영글어 간다
성대한 업적도 비젼과 꿈으로 이루어진다
태산준령 같은 굳은 의지를 세워
장수의 화살 당겨 과녁을 맞추니
로정길 가던 병사 깃발 들고 뒤따른다
취사선택 지혜로 판별하여
임의 뜻 높이어 영광의 빛 더 높이소서

2019년 5월 18일

격려시
제35회 전국장로회연합회 회장 박정하장로 취임
(대전 중앙교회)

시간을 붙잡으소서
당신의 뜻이라면
어디든지 따르리다
말없이 흐르는 세월을 붙잡으소서
변화무쌍한 삶의 옛 터전
꽃길같이 아름다웠더라도
옛 잔디 푸른 싹이 솟아났고
연푸른 가지 뻗어나더니
먹구름 천둥 치는 소리 잦았구려
영글어 가는 열매 황금빛 눈부시고
오색 물든 산야 찬란하여
감동이 되는구나
그대 오늘 달려온 길에
월계관을 쓰시니
큰 언덕 빛고을
다시 한번 빛고을 예루살렘 회복되게 하여
그 영광 님에게 바치소서

격려시
대구 동성교회 박상민 원로장로
(대구 동성교회)

대한의 男兒로 태어나 金科玉條 抱負도 유별하다
구곡양장 險山峻嶺 直面해도 挑戰者 앞에 길이 뚫린다
동녘 하늘에 强烈한 빛을 發하며 떠오르는 太陽을 바라본다
성공실패의 原因이 那邊에 있냐라고 묻는다면
교만과 거만은 失敗의 原因이요 謙遜과 사랑은 成功의 지름길이라고
회상되는 옛親舊 只今 어디 무엇을 할까, 두손잡고 가슴열고 싶다
박수갈채 받고 登壇하여 靑出於藍의 秘密을 심어주었으니
상상의 날개 쭉쭉 펼쳐 永遠을 欽慕하며 멀리멀리 날고 싶소
민족哀歡 精氣 일깨우려 一生 敎壇 앞에 서서 情熱을 불태웠소
원대한 꿈과 希望의 燈불 밝혀 노저어가는 조각배 뱃길 밝혀준다
로변정담에 哲學이 묻어나니 世人들께 敬畏心을 알려줘요
장자의 명분 붙잡은 그대 밤하늘 별 같이 빛나다가
로정길 行하다 西山 저녁노을 짙어지면 本鄕으로 되돌아 간다

2018년 12월 31일

헌시
황봉환 교수 은퇴 감사예배
(대신대학교)

황금빛 넓디넓게 펼쳐진 지평선 너머 등대빛 밝히는 은빛
    바다위에 희망의 닻을 올린 돛단배 한 척 가물가물 아득히 바라본다
봉황들이 쌍쌍이 찾아와 백자산 선지동산 청솔 위에 앉아
    애틋한 애정표현 눈빛을 마주보며 부리를 비벼댄다.
환상과 꿈과 비전을 담뿍 뿜어내며 기표를 토설하던 학자
깊은 샘 생수가 터져 오름같고 한강수 마르지 아니함 같고 때때로
양날의 보검으로 생도들의 심령 골수를 찔러 쪼개며 선지생도
못에 빠트린 도끼날을 떠오르게 하는 선지자의 사명 감당하고
꽃다운 청춘에 백발성성 쌓아온 세월의 아쉬움과 미련을
남기고 교정을 떠나가는 학자의 기치와 위품이
은하수 별빛처럼 영롱하고 찬란하다.
은퇴라는 변곡점을 맞이하여 영산에 오색단풍처럼 운치와
자태 선비같고 국화향 짙은 만추에
홀홀단신 떠나는 뒷모습 유난히 아름답구려
학자여 사명의 길에 백자산 선지동산에 뿌린 생명의 씨앗
언제인가 꽃 필때를 바라보고 그 여생길에 행복과 감사와
환희가 만면에 가득함 있기를 축원합니다

2018년 11월 16일

헌시
대기총 제26회 대표회장 박병욱목사 취임
(대구중앙교회)

대구의 고토를 영화롭게 회복시키시고
구원선 돛단배 수평선 너머 광열한 태양
기수도 깃발을 잡고 질주해 나간다
독특한 기상과 생기를 이 땅에 불어 넣으시어
교류와 소통으로 마음을 아우르니
총총한 별빛 작은 얼굴 내밀며 깜빡깜빡 잠수한다
연합정신으로 허물었던 이 성을 새롭게 수축하여
합심단결로 새로운 시대를 여는 개척자이시여,
회장 직무란 분주파부로 임하소서
대동단결하여 옛 명성 회복시켜
표상의 깃발 선두에 잡고 뛰어가소서
회전하는 그림자 남기듯 새역사 남기소서
장사의 화살을 과녁에 통과시키시니
박수받는 종합예술감독자로 세움받아
병합된 연주 조화를 이루시고
욱일중천 복음으로 굴기하심이여
목자처럼 양떼들을 초장으로 이끄시고
사랑의 사도같이 이 땅을 치료하소서
취임하는 오늘 축하와 격려를 뜨겁게 받았으니
임의 뜻 온전히 따르게 하소서

2018년 11월 18일

축시
제37회 동대구노회남전도회 회장 이석준장로 취임
(대구 북부교회)

동녘하늘에힘있게솟아
대지를밝게비치는태양
구만리창공을飛上하니
노도풍랑도잔잔케하고
회상하니가슴뛰게한다
남전도회깃발잡고달려
전선의용사처럼勇敢히
도도히흘러가는세월에
회전목마같이뛰고달려
이상을높여희망등불로
석명한밤하늘별빛처럼
준마타고달리는使徒로
장로로양무리의本되어
로정길밝힌등대빛되어
회고하는날福音전도자
장구한歷史길이남기고
취향국화香氣그윽하니
임무감당한使命者로다

이천이십일년 만추절

㈱도부 라이프텍 회장 김일순권사

(서울 사랑의교회)

주님의사랑형언할수없으랴
도도한강물유속도빠르구나
부창부수그노래아름답구려
테크니컬경영철학묻으난다
회자되는말주님뜻받드시니
장구한세월희망등대불밝혀
김매는농부흙냄새녹여낸다
일사천리로걸어온인생의길
순수한마음주님께열납되어
권세능력받아그이름높이고
사랑의열매하늘에채우리다

2021년 7월 8일

축시
대구신학원 임영식장로 재단이사장 취임
(김천 아천제일교회)

대신대학교선지동산위에
구원의등불밝힌지칠십년
신묘막측함경이롭습니다
학문경건사랑건학이념은
원대한희망등대빛밝힌다
임향한일편단심갸륵하니
영원을사모하는인생길에
식을줄모르는뜨거운기도
장수같은기풍지략을품고
로정길그모습아름답구려
재단불집힌엘리야의기도
단이엘같이뜻을정하였소
이세상도그정욕도지나니
사명자는하나님뜻행한다
장래길은주님께내려놓고
취임하는오늘채색옷입고
임의뜻높여후광빛나리다

2021년 6월 21일

축시
제3회 영남지역 남전도회연합회 회장 박현규장로 취임
(대구 서부교회)

영원을사모하는그대에게
남다른탁월한리드십주셔
지나온세월추억아름답다
역동적영력감동솟아올라
남김없는첫사랑주께드려
전사의용기여호와의깃발
도량도넓고기백도강하다
회중을휘몰고벧엘로올라
연민의정두고만난사람들
합동하여선한일추구하고
회상하니옛날추억그립다
회자되는말꿀맛같이달다
장자의명분은축복의근원
박수갈채받고가슴이뛴다
현재씨앗심고내일거둔다
규범을세워권위를높이고
로정길이정표등대빛밝혀
취사선택善한것을택하여
임의사랑듬뿍받아누린다

2022년 7월 2일

축시
서현교회 강문명원로장로
(대구 서현교회)

서쪽하늘에노을지면
현란한소리들려오니
교우들모여기도한다
회전목마트로이언덕
강력한군사몰려와도
문화가세상을바꾸고
명사는시대를밝히니
원대한희망을가진다
로상걸음도늠늠하다
장로는빛과소금되어
로정길밝게비춰준다

신성길장로 역사의 증인

(청송 화목제일교회)

청청한밤하늘에은하수별빛소근대고
송골매날개펴창공에높이솟아오르니
화창한가을하늘구름한점없이맑은날
목련꽃봉오리맺혀이듬해봄기다린다
제아무리높은산도정복자는넘어간다
일사불란하게믿음만잡고달려온여정
교차로신호등파랑색깔신호로바뀐다
회자되는그이름이상도높고꿈도크다
신실하고정의롭고의리로단련된징표
성난마도로스기적소리높여출발한다
길따라강따라보람따라걸어온그대여
장엄한태양빛에그대생기를부음받아
로정길험산준령앞에영원을사모한다
역경을이기고뚜벅뚜벅걸어온세월에
사무치는그리움도깊이스며들게한다
의로운길에생명의길로살아가리로다
증인의 삶이 되어60년사를기록한다
인의예지부르고싶은그이름생각난다

2022년 7월 18일

제52회 전국장로회연합회 회장 정채혁장로 취임

(서울 왕십리교회)

전능자의높은뜻경건하게듣고
국화꽃향기그윽한만추의계절
장자들의총회전국장로들모여
로뎀나무아래쉬어가는친구들
회상하는이야기다정다감하다
연합하는마음세상을정복하고
합동단결하여승전鼓를울리니
회旗깃발높이라사명받았었소
정의를마르지않는江같이하면
채색옷입고회장으로登극하여
혁혁한底력반석처럼든든하다
장구한세월씨뿌리며기다렸소
로정길아침햇살밝게비춰주니
회상하는그날추억더듬어보고
장차받을축복창고에가득하다
취사선택하는지혜자행복하고
임따라가는길영광영광이로다

2022년 11월 24일

축시
김복숙권사
(대구 반야월중부교회)

반반한텃밭한평없이시작한신혼
야생화짙은향기산넘어불어올때
월색도가날픈눈섭같은초생달이
중후한믿음마음을안정시켜주고
부부일신기도로 險路를개척하여
교우들함께줄기차게걸어온이땅
회상하면모든것주님의은혜였소
김매는농부같이새벽이슬맞으며
복의근원강림하는새벽재단올라
숙고하는기도응답받고일어선다
권사로임직받은30년지나간세월
사랑의열매그대마음밭에심으리

2022년 8월 7일

2부

소망

축시
주식회사 위드택 대표이사 류승교장로
(대전 정민제일교회)

주고싶은사랑받고싶은마음
식순따라신랑신부마주보고
회합단결하여높은뜻을품고
사공은돛단배櫓저어나가니
위대한결단에발빠른추진력
드디어희망의봄눈앞에왔소
택정한약속일에무지개뜨고
류난히빛난광채비춰주는날
승리의깃발들고頂上에올라
교훈에지혜받고德望을높여
대도무문에거침없이나가니
표정도밝고첫印象아름답다
이정표지시따라길찾아가니
사사로움잊고공평을따른다

2022년 8월 6일

류성미집사에게
(대구 고산동부교회)

유명한사람들과유명한곳이라할지라도
성명없이는명성을나타내는방법없도다
미학관상학에찾아볼려해도찾을수없고
성미란그이름자긍심을높여자존감갖고
사랑하는가족들정답게모두행복하여라
집은안식처까치집이던벌집이던똑같아
사랑하는가족들오손도손살기때문이다
가정을사랑하는자는안식을누릴수있고
교회를사랑하는자는평안을누릴수있다
믿음소망사랑그중에제일은사랑이란다
항상하나님을사랑하고사랑안에거하라
풍파많은세상주너지키리주너를지키리
영원한천국에이를때까지주너를지키리
믿음위에굳게서강하고담대하기바란다
이세상을끝까지지켜주실이오직주님뿐
믿음의대상도오직하나님한분밖에없다
모든일지혜롭게명철하게기도로구하라
이것이인생에가장아름답고귀한것이다
예수그리스도의은혜와평강있을지어다

2022년 12월 24일
아버지가 딸에게

학교법인 대신대학교 제14대 재단이사장 류승학장로 취임

(대구 반야월중부교회)

반가운사람찾아오면마음밝아지고
야생화합환채당신게바치려는순정
월광빛아래정든님함께거닐고싶소
중심잡은믿음이제주님을따르리다
부지런히노력하면열매를거두리니
교우들과함께미래를개척해나가리
회상하는날에옛이야기회포를풀고
류수같이흐르는세월변치않는진리
승승장구하여반석위에집을세우고
학같이고상한자태로비상하리로다
장래길을밝게비춰주는광명있으니
로정길님따라가리라영광길이로다

2022년 12월 4일

류승국장로
(대구 반야월중부교회)

반듯이큰꿈을성취할수있으랴확신하고
야무진생각을붙잡고기초를단단히다져
월색은고요하고별들이초롱초롱한새벽
중차대한일은반듯이기도로선행케한다
부활의주님은길이요진리요생명되시니
교회는진리의기둥과터로말씀위에서서
회중들을푸른초장잔잔한물가로인한다
류장로는항상믿음소망사랑을소유하여
승리의깃발든기수가되고대장부가되여
국제적인물을배출하여국위를선양하라
장구한세월인생은짧고성령은영존하여
로정길밝게비치니반석위에영광이로다

2022년 12월 4일

축시
동대구장로연합회 제38회 회장 이석준장로 취임
(대구 북부교회)

동무들과뛰어놀던옛고향엔
대나무같이자라던옛친구들
구름한점없는파란하늘아래
장미꽃짙은향기내뿜는가을
노파심도애정도많은그대여
회장에중책받은義로운길엔
이제부터용기있게뛰고달려
석학같이지혜로운회장되어
준비된재능을고스란히받쳐
장로회발전위하여헌신하면
로변정담회자되는말칭찬뿐
회상하는그날엔만감이돌고
장수같이화살을과녁에맞쳐
취임하니영광의빛찬란하다
임향한일편단심변함없으리

2022년 10월 1일

박정규목사
"이상근 학술상수상" 즈음한 祝賀 詩

하나님의높은뜻가슴깊숙히품고
그이름높이어걸어온목회여정길
사명에불태웠고젊음도바치셨소
소명에붙잡혀걸어온인생여정엔
청춘을바쳐서걸어온값진향기를
저멀리동구밖에기다리는그님은
특심한삶을걸어온길을그는알죠
아득히저멀리보이던저녁노을도
낭만의눈에보였던그시절그립다
이젠여정길물끄럼히바라보련다
서쪽하늘해질무렵햇빛찬란하니
지팡이를잡은목자의길이였기에
걸어온옛길아쉬움으로회고한다
인생여정에만난길동무생각나고
세월의경륜깊은곡간에쌓여놓고
환상과이상꿈꾸는자의몫이로다
세월의연민을물끄럼히바라보며
주님의지상명령을따르던순례자
목회학을금과옥조로연구를하여
사명자의헌신된길에보람찬수상

명예로운학술상영화롭게빛낸다
신학계돋보이는영예로운학술상
존엄한기독교사학자로걸어온길
학문의요람영신대위대한학술상
영남의선교역사에기록됨이로다
명성높게평가되는이상근학술상
어쩐지눈부시게빛나는그학술상
수상자의영광빛나고빛나리로다

2022년 10월 6일

제54회 서북지역 장로연합회 회장 이병우장로 취임 激勵詩
(서울 장충교회)

서러워하지말아요 곧행복이 찾아와요
울지를말아요 상한갈대를 꺾지않아요
지난날을 회고해보며 당신께감사해요
구원의은혜를 영원토록 잊을수없도다
장자의 명분받은그대 꿈도이상도높다
로정길에 시온의대로 활짝열려있으니
회고하는날 생명의면류관 예비돼있소
이정표따라 길찾아가는 기독도를 보라
병풍같이 둘러서있는 증인들 단호하다
우리를 향하신 인자하심이 영원하도다
장래일은 주님께맡기고 묵시를받아요
로뎀나무아래 쉬어가는그대 새힘받아
회장으로 당선되니 가문에 영광이로다
장하다 천성을향해가는 기독도들이여
취임하는오늘 기쁨도 보람도가득하다
임을향한 일편단심은 영원을사모한다

2022년 11월 10일

격려시

제107회 총회 영남출신 선출직 당선자 祝賀

벼슬자리에오름을 축하와격려환영하며
빛난자리 하나님주권역사로 등극하였소
당선자들 어깨에번쩍이는 별빛찬란하다
샬롬부흥 성령불짚혀 생기를 불어넣으면
전도봉사는 요원한 들불처럼 번져갑니다
두날개펼쳐 비상할즈음 복음의씨뿌려요
빛난별내려놓고 재야인사로 돌아오는날
직무수행잘하여 칭찬받고박수받게되면
미래의교단역사에 길이빛나고 빛나리다

2022년 10월 26일

축시
제38회 동대구노회남전도회연합회 회장 황인활장로 취임
(대구 송정교회)

동산언덕위에 오를때
대단한인걸들 동행해
구름처럼모여 들었고
남들부러워하는 눈빛
전도자아름다운 발길
도도히흘러가는 강물
회자되는말 신비롭다
황홀히 떠오르는 태양
인생 갈길을 밝혀준다
활활타오르는 그열화
장하고 장하다 그영광
로정길 밝게 비쳐준다
회장의사명 감당하고
장로의 소명감당한다
취임하는 은혜꽃피고
임따르는길 영광의길

2022년 12월 2일

축시
제51회 전국장로회연합회 회장 김봉중장로 취임
(창원 새누리교회)

山넘고 江건너 걸어온 인생나그네길
地球 太陽 한바퀴 돌아 라오는 시간에
움터고 꽃피는 봄 백향목 우거진 여름
오곡백과 結實 가을 앙상한 가지 눈꽃
대자연의 攝理따라 계절은 循還하여
흘러가는 歲月의 軌跡이 歷史가 되고
연합정신 團合된 힘 승리로 點綴한다
전국장로회 個體는 빛처로 가득하고
하기수련회 聖靈과 말씀 이뜨거웠죠
한 회기 恩惠로 이끌어온 김봉중 會長
민족복음화 世界宣敎에 奉仕하였소
전국장로회원들 總會 한 軸돼 섬겼고
대한예수교장로회 總會 發展 힘셨죠
진국징로회연합회 聖殿기둥이 되고
하나님 聖殿建築에 모퉁이돌이 되어
하나님 나라 擴張에 主體역할 하소서
제52회 總會時 敲槌와 會則 넘겨주면
다음세대에 그 이름 永遠히 빛나리다

2022년 10월 12일

제39회 동대구노회남전도회연합회 회장 박상호장로 취임
(대구 성일교회)

동 트는 동녘하늘 바라보면,
대지에는 봄바람 불어오고,
구름은 걷히고 별 빛 유난한데
노심초사 애를 태우고
회자되는 이야기 칭찬을 받고
남남북녀 한쌍이 멋스럽게 아름답다
전전긍긍하는 나그네여
도성인 신하신 주님의 옷자락 붙잡고
회개하면 그 인자하심이 영원할지로다
박력있게 박차를 더할때
상상을 초월하는 능력을 발휘하고
호수는 만수로 가득찬다
장군의 갑옷입고 지휘봉 잡고서니
로정길 주님이 인도하니 할렐루야로다

2023년 12월 2일

제39회 동대구노회 여전도회 회장 김옥순권사 취임
(대구 북부교회)

동쪽하늘에태양이뜨고
대서양바다넘실거린다
구름도뜨고희망도뜬다
노을도붉게불타오른다
회귀할때영원을사모해
여장부의포근한마음은
전도자의사명감당하랴
도성인신하신주만믿고
회장의중책을수행하랴
회상할때주만바라보고
장구한역사에기록되리
김매는농부새봄맞이해
파릇파릇한새싹대지를
뚫고나오는따뜻한봄날
옥구슬금구슬처럼곱게
곱게자라서당신을만나
수줍은눈물로첫사랑을
고백하던날눈물젖었소
순정을고백하던그날에
당신만을사랑한다라고

맹세한약속을이제에도
여전히당신은알고있죠
권세능력주님께받았소
사명에살고사명에죽고
취임하는날등불밝히어
임향한오늘행복하소서

2024년 3월 19일

생각이 난다 신성길장로
(청송 화목제일교회)

그 때 그 사람이 생각난다.
청송 주왕산 자락 현서면 골짝 신성길장로 생각이 난다.
그는 믿음의 맹장, 義理로 사는 男兒, 뚝심도 대담하다!
복음전도 使命者이다.
주 예수를 믿으라, 빛난 간판을 지붕위에 설치하여 찬란한 빛을 밝힌 그가 생각이 난다. 문득 문득 생각이 난다.
신묘막측한 믿음을 받은 맹장, 성공을 위하여 많은 실패를 맛 본 그가 어느날 언뜻 길을 묻더니 선뜻 말을 건다.
인생은 순례길 걷는 것이지요. 의미심장한 말을 토설한다.
그는 義理와 뚝심과 유난히 빛난 보석같은 믿음을 보유한
백절불굴 철옹성같은 용장이다.
첩첩산골 청송 주왕산 자락 폭포수 물가에 심겨진 소나무같기도 하고 향기짙은 청송 금사과 나무같기도 하다. 벌과 나비가 날라들게 한다.
자주자주 전화로 성경에 대한 이야기를 한다.
난해한 구절을 질문한다. 그는 역사에 관심이 많다.
海外 국가에 생명사역 선교이야기 교단史 이야기와
그의 교회 60년사를 단독자비로 집필하여 출판했다.
『역사를 記憶하라』
복음의 기쁜 소식 글자를 자기집 지붕위에 간판을 설치하여 복음의 기쁜소식을 오늘도 외치고 밝힌다.

주 예수를 믿으라 천국이 가까이 왔느니라 외친다.
그는 선교사의 아버지이다.
해남도에 개척교회를 건축했다.
세상이 감당치 못하는 人傑인가 보다.

2024년 6월 27일

장용환집사 장구한 세월

(대구 반야월중부교회)

장용환집사 장구한 세월 소리없이
고요하게 은밀한 새벽기도시간
그대에게 찾아 오는 이 있으니
그가 당신의 심장이 알아듣도록 영음으로 말 해 줄거에요!
용기있게 훌륭하게 멋스럽게 칭찬받도록
착하고 진실되고 의롭게 세움받도록
반석위에 굳게 서서 믿음의 대장부로
십자가 군사되라고 말씀 들려 줄거예요!
환경이 어렵고 시련이 다가와도 파도가 밀려오고
물결 높게 엄습해 와도
그대가 全能者의 손을 굳게 잡고,
당신의 조각배(櫓) 노저어 가면
등대빛 보이는 안전한 浦口에 도착하여
환상의 찬란한 빛 영화롭게 빛나는
그 나라를 보리로다
택함받은 그대는 그 나라에 황금길 단장된 그 집
예비되어 있노라고 믿음 가진
당신의 마음을 추스려 말씀해 줍니다
믿는 자의 幸福이라고!

2024년 8월 25일

황대영장로! 한솥밥을 먹은 세월 60년!
(대구 반야월중부교회)

황홀한 가을 햇빛이 은빛 빤짝이는 단풍잎 사이로 비스듬히 비쳐온다
대나무 숲속엔 귀뚜라미 짝짓는 연주 소리, 가을을 재촉한다
   달 밝은 밤엔 끼럭끼럭 기러기 날아간다
영생복락 그 곳을 향하여 단걸음치며 한솥밥 먹고 달려 온
   그 세월 기억하여 옆에서 손 잡아주니 가슴 뭉클하다
장하도다 한 평생을 변함없이 고운 손잡고
로정길 따라가는 길엔
한마당을 밟고 씨름하며 뒹굴었었다
노을은 서쪽하늘에 찬란히 빛내고 태양은 서산위에 붉게 타오른다
한솥밥 먹고 한울타리 안에서 동고동락하며
물댄동산 반석에서 솟아나는 생수를 마셨다
달성공원 토성앞 달성제일교회 거기서 여기까지 걸어온 역사가
몇 년이 걸렸느냐고 묻는 이도 없다
세월도 지나갔고 인걸도 지나갔으나
하늘에 높은 보좌에 계신 주님이 기억하시니
내마음 감개무량하다 더 이상 무엇을 말하랴
눈빛만 보아도 다 알지 않소

2024년 8월 26일

류시문회장님! 사랑과 기부의 거장이시다!
(대구 반야월중부교회)

류수같이 세월은 빠르게 흐르고
   발길따라 가는데마다 그 이름 좋아서
   오늘도 많은 사람들 찾아든다.
시대를 초월하여 고고한 마음씨로 보무당당하게 걸어가는구려!
   그러나 실상 그는 지체 장애인이다.
   時流에 휩쓸려 떠내려가지 않는다 뿐만아니라
문화유행 바람에 흔들리지도 않는다.
고아들의 울음소리에 귀 기울일 줄 알고
가난한 과부와 소외된 약자편에서
아낌없이 뜨거운 가슴으로 안고 때때로 큰 손까지 편다.
그는 새벽을 깨우며 천지의 주재께
간구를 드리는 기도의 사람이다.
희미하고 혼탁해진 세상을 깨우면서
홀로 굳굳한 의지의 길, 자신만의 길, 장애자의 길, 本이 되는 길을
올곧게 걸어온 기부의 거장이다.
그의 여정길을 역사깊고 권위있는 조선일보에
모친과 자신 그리고 하나뿐인 아들,
사회복지 공동모금회 아너소사이티(고액기부자모임)
전국 제1호, 서울특별시 제2호 기증자로 가족사진과 함께
특종기사로 게재되기도 하다.

그리고 「영남의 정신 뿌리는 인도주의이다」라는 글을
경북 적십자신문에 게재하여 지역 인사들에게 많은 감동을 주었고
영남 지성사에 새로운 기운을 불어 넣었다.
그는 양안을 넘나들며 인문학에 담긴 세상 경영을 이야기하며
사랑을 실천한다.
대구·경북 사랑의 쌀 나누기 운동에 오래도록
많은 헌금을 하고 지팡이 짚고 앞장을 섰다.
류시문 그는 오늘도 천국 순례자 여정길을 나선다.
험준한 고개길도 넘어왔고
푸른 바다에 휘몰아치는 파도소리 듣고 노 저어
등대 빛 비치는 안전한 포구로 이끌어주는
주님과 동행하는 기부의 거장으로
오늘도 말없이 그 길을 묵묵히 걸어간다.

2024년 9월 1일

격려시
제36회 대구지역장로회연합회 회장 최병도장로 취임
(대구 세계로교회)

대장부남아일생을 순적하게인도하여 주신은혜
구원받은백성들모여 큰물소리같은 찬송부른다
지상의피조물 때가도래하면 창조자를 기억한다
역전의용사같이 고군분투로 경륜을 깨닫게된다
장자의명분 받은그대 주님을만나야 섭리를알고
로뎀나무 그늘아래 쉬어가는 나그네 생기발한다
회상해보라 지난날 걸어온길 주님과 동행했나요
회고록 집필할때 주님의 은혜생각에 눈물뿌리죠
장래길을 이제부터 온전히 주님께 맡길수있나요
최상의길 선택하여 주님의사랑에 흠뻑빠져봐요
병풍같이둘러선 용사들 의기양양하게 출발한다
도성인신하신 주님께헌신하면 사랑에 도취되고
장차받을 복은정직한자의 후손이 강성하게된다
로정길 찬란하게비춰주니 두려울것 전혀없도다
취임사한마디에 용단에투지와결기를 표출한다
임께서오시는날 기름등불 준비하여 맞이하리다

2024년 11월 16일

권정식원로장로 40년 동행 길을 말한다
(대구 원일교회)

나는 긴세월을 말하고 싶다.

대구원일교회 권정식원로장로의 마음을 말하고 싶다.

대구경북 사랑의 쌀 나누기 운동협의회 35년 동역자요,

신앙동지 길 40년의 걸어온 길을 짚어본다.

정말로 정말로 그의 마음씨를 깊게 짚어본다.

사람이 사람의 마음씨를 해아려 본다는 것 쉽지 않은 일이다.

그 사람의 마음을 알려고 하면 적어도 40여년 동지가 되어 봐야 하고 35년이라는 긴세월동안 재정관리를 맡겨봐야

그 사람의 마음씨를 알 수 있게 된다.

이것을 새삼스럽게 인식하여 본다.

그는 올곧고 정직할 뿐 아니라 빈틈없는 일을 한다. 때로는 관용성과 융통성이 부족하다라고 한때 느끼기도 했고 또는 마음씨 폭도 너그럽지 못하다라고 여긴 적도 있었다. 40년을 그와 함께 걸어온 길 그가 그러한 마음씨를 가지고 있지 않았다면 긴 세월동안 무슨 일 일어날 수 있지 않았을까 생각하니 그에 대한 고마운 마음뿐임을 실토한다. 그는 사고력도 차갑고 이성적인 마음씨를 소유하여 소금같이 짜고 냉철하고 모든 일 철저하게 처리한다. 그와같은 이성적이며 매사에 철저한 분과 함께 일하게 해 주신 하나님께 감사드리게 된다.

저같이 뭔가 어슬프고 단단하지 못한 마음을 가져 헛점과 약점이

많고 미약하여 마음 잘 흔들려 갈대같이 이리저리 넘어지는 때가 많은데 그는 소신에 차있고 형이상학적 이고 판별력과 변별력과 분별력이 확립되면 과단성있게 기획적으로 일을 추진한다.

40년 동안 긴세월 조화롭게 함께 해쳐 나갈 수 있게 되었고 특히 전국과 대구경북 연합사업과 특히 사랑의 쌀 나누기운동을 동행하면서 한결같이 발걸음을 맞추어 온 여정이 순간적으로 돌풍같은 생각이『샘곁에 심은 나무』시집을 편찬해 내면서 그가 생각나서 시집에 적어본다. 동행길 많은 사람 중 유달리 떠올라 글을 써본다. 대구 경북 한 하늘아래 함께 걸어온 신앙 동지 기도와 사랑의 협조도 사랑도 받았다.

시집을 펴내는 저자는 행복을 되새겨 본다. 마음씨 고마운 분들 일일이 시집에 기술 하지 못했지만 저자의 마음에 아로새겨져 있음을 혜량하여 주기를 바랍니다.

축시
권정식 장로님께

권세능력 받아 이웃에 사랑을 펼쳐 온지 35년
정성어린 마음 가진 그대 이웃을 섬겨 온 따뜻한 마음
식을 줄 모르는 열정, 35년 사랑의 쌀나눔에 온 정성 부어 왔소.
사람들은 몰라줘도 하나님은 알아줍니다.
그 사랑 그 열정 차갑지않도록 마음에 군불을 때어야 합니다.
하나님의 영광 불꽃처럼 타오르기까지 날개를 펼쳐 봅시다.
남들은 모를거요 나와 당신과 사랑 많은 하나님만은 아실거요.
온갖 정성 쏟아 부었고 정성드렸고 마음과 힘을 쏟아부었소.
식음을 전폐하였고 헛된 곳에 눈길도 준 일 없었소.
정성모으고 마음모아 중국 땅 연길교회에서 옥수수가루 12톤
대형화물차에 가득 실어단동철교로 보내던 날 기억하고 있죠.
기아상태에 있는 이북땅 동포들에게 보내던 그 날 감개무량했었소.
산천이 세 번 반 바뀌는 세월 한결같이 당차게 해내었소.
IMF 세계구제 금융과 미국 리먼브라더스 외환위기와
코로나 19펜데믹도 이겨왔지요.
그 배후에 수많은 성도들의 따뜻한 손길과 전도의 사명,
불 태우는 대구경북 교회의 협조와 특별하게 힘을 돋우어 준
새에덴교회 소강석목사님, 역대 대회장님들과 독지가들
잊을 수 없소. 성격도 올곧고 정직한 권정식장로가
처음부터 재정일체를 일관되게 정직하게 정리정돈하여 왔기에
그리고 배후에 하나님께서 큰 은혜, 복으로
대구경북 사랑의 쌀 나누기협의회를 오늘까지 사랑하여 주심에
나는 감사함을 두 손 가슴에 얹고 고백한다오.

2025년 1월 20일

김계영집사와 동행한 50년을 말한다
(대구 반야월중부교회)

김계영집사님과 동행한 50여년 반세기 그 세월이 경점같도다.
   금면류관 머리에 받아쓰고
계명성 밤하늘에 빛내고
영광의 빛 찬란한 집 향해 묵묵히 걸어온 길, 한울타리 50년 세월.
수 천번을 손잡고 동행하여 온 옛길 잊지않고 기억을 하시나요!
달성공원 앞 달성제일교회
그 시절 신앙 선배들 연탄 난로가에 둘러 앉아
성탄절 밤 재미있게 불렀던 찬송가와 주고받은 선물들.
긴긴겨울 밤에 마루바닥에 난로불 피워놓고 윷 놀던 때.
이겼어도 좋아했고 졌어도 좋아했던
참 아름다운 그 옛날을 기억하는지요.
그 곳 달성제일교회에서 중직을 함께 받던 날
그 사진 아직도 소중히 간직하고 있나요.
그 동안 세월도 많이 지나갔고 인걸도 많이 지나 갔어요.
그래도 거기에서 여기까지 함께 달려온 세월 24년이 되었었나 봐요.
거기에서 함께 동행하여 달려온 교우들.
24년이 지나면 어떻게 구성원들로 채워질까 생각해 보셨나요!
하나님만이 계획하고 있을 것입니다.
우리는 구하고 찾고 문을 두드리면 반듯이
주님께서 더 좋은 밝은 미래를 허락해 주시고
더 많은 복 내려 주실줄 믿습니다.
희망의 끈을 놓지맙시다.

2024년 8월 27일

이덕고 집사님께

이 세상도 정욕도 지나가되
덕망과 따뜻한 사랑은 오래도록 간직됩니다
이덕고 집사님 그는 예술사진 작가로
교회 각종 행사, 기록 사진[학습, 세례, 임직,
성탄절, 교회운동회, 단합대회, 건축, 이전]
교회 역사 기록 보존을 위하여 헌신하고
사진작품을 제작하여 기록을 생생하게 남긴 사진작가로
우리 교회가 70년간 걸어온 발자취, 그 족흔(足痕)을
교회 역사를 사진책으로 제작, 기록으로 증명하였다
발전에 발전을 거듭한 아름다운 역사를 가진
우리 교회의 발자취, 그 우람한 족흔을
남긴 사진작가 이덕고 집사님,
고결한 소망, 고결한 복음 받았습니다

신수희장로와 연합활동 30년을 말한다

(대구 평안교회)

교단산하 속회 전국남전도회연합회 제14대 회장 취임하면서 실무 임원조직으로 총무로 故하태초장로 발탁 서기로 신수희장로 발탁되었고 황정심장로 회계로 발탁되었다.

호위무사시대였다.

실무임원 구성이 어느때보다 단단하고 튼튼하였다.

전국교회 헌신예배 년간 43번, 각 지역 전도대회 4번과 1박 2일 수련회 시발과 진중세례식 처음 시작, 해외 인도 개척교회 센츄럴 중앙장로교회개척, 코인신학교 대지 10,000평 매입 박흥석부회장 단독 매입, 제주도 갈릴리교회 개척, 획기적 복음전도에 깃발을 곳곳에 꽂으었다.

그 당시 서기로 공문을 단번에 수 백통식 작성할때 전국 임원들게 송부한 서기로 열심히 봉직한 신수희장로 그의 헌신한 세월 꼭 30년만에 글로 감사표합니다. 축복 많이 받으세요.

신명나게 열심히 일하면 모든 것이 행복하지요.

수고로 땀 흘려 주님 복음 사업 위하여 헌신하면 복음을 들고 산을 넘는 자의발이 아름답다는 칭찬듣지요.

희망의 등대빛 밝게 비치면 짙푸른 파도에 밀려가는 노젓는 조각배, 주님 은혜로 안전한 포구로 인도해 준다.

지나간 긴세월 시집을 편집하면서 반추해 본다.

오늘도 주님과 동행하기를 기원드립니다.

2024년 8월 26일

신수희원로장로 취임시
(대구 평안교회)

平和의열쇠를 가지신이를 만나면 갈등분쟁 사라지고
安定된곳에 안식하려면 먼저그나라와 그의를구하고
교우들과함께 찬양과경배와 영광을주님께 돌릴찌라
회상하여 돌이켜보면 지난날모든것이 은혜은혜였소
신선한바람 산뜻하게 불면생기받아 새생명 탄생한다
수려하고 아름답고 멋진인생길 꿈꾸는자의 길되리다
희망의등대빛 밝혀주는바다길은 영원을 사모케한다
원대한비전과 꿈을꾸던소년시절도 화살같이 지났고
로정길이 천로역정같이 힘든길도 믿음만 이끌어준다
장하다 인생길 천신만고끝에 영광의길이 열리리로다
로뎀나무 샘곁에 심기어있어 가뭄이와도 걱정이없다
취임사 말은 내평생걸어온길 은혜사슬로 주께메소서
임께서오시는날 영광의길이요 길이몸주께로 갑니다

2024년 10월 30일

기독신문 주필 김관선목사
(서울 산정현교회)

무더위에 수고 하십니다
저는 김관선목사님을 평소 정말 존경합니다.
地上에서 가장 가난한 나라 아프리카 선교현장을 직접 찾아가셔서
연약한 어린아이를 품에 안고 몸으로 실천하는 모습 보고
참 대단한 사랑 실천가로 평소 존경해 오고 있습니다.
CTS 크리스찬 테레비젼 올포 방송 코너도 즐겨 볼 때마다
성경말씀 깊은 은혜를 받습니다.
뿐만 아니라 기독신문 주필 코너에 게재되는 글 솜씨와
지식 정보제공에 많은 것 배우고 있습니다.
좋은글 독자들에게 보급하여 주세요.
산정현교회 이름만 들어도 정신 바짝 새롭게 됩니다.
선교의 숭고한 피와 믿음의 거장들 점철된 교회 명성 높고
그 유명한 역사 깊은 산정현교회 담임 김관선목사님도 역시
脈을 이어 가고 있습니다.
김관선목사는 몸집은 작지만 철학이 담긴 [금관선] 존귀한 이름
다윗 같은 믿음의 巨將이요 현대 한국 敎會史에 숨은
대단한 偉人이십니다.
지금도 아낌없는 사랑을 세계 가난한 나라와 한국교회와
열악한 지방신학대학교, 대신대학교 후학들에게
애정과 마음을 쏟아 부어 주시는 분이십니다.

대신대학교는 보이지 않게 숨어서 도우는
천사같은 분들이 있기에 용기를 얻고 생기를 받습니다.
아름다운 섬김 사역에 진정 감사드립니다.
尊體 健安을 기원합니다.

2024년 8월 26일

축시
제40회 동대구장로회연합회 회장 김덕회장로 취임
(대구 효목교회)

동쪽하늘에태양이찬란하게비춰오른다
대담한용기로동대구장로회깃발을든다
구름도말고하늘도높고맑은만추의계절
장구한세월이라해도쏜살같이흘러가니
노심초사하며달려온그길얼마가되나요
회자되는세상말잊고주님말씀따르리다
회상하여보니보무도당당하게걸어왔죠
장구한세월도쏜살같이빠르게지나간다
김매는농부같이땀흘려심고열매맺었소
덕망도넓고신앙심도깊고사랑을녹인다
희망의등대빛밝히며주님과동행하였소
장래길주님께의지하고비전을꿈꾸련다
로변정담옛동무들이야기에밤을세운다
취임하는이시간축하외갈채를보냅시다
임을향한일편단심충성하고충성하리다

2024년 10월 5일

축시
제54회 전국장로회 회장 홍석환장로 취임
(대구 성산교회)

전국 바다같은 큰무대 종횡무진 달리고 뛰어온 길에
국화 꽃향기로 천리길 풍겨주는 晩秋에 총회로 모여
장자 들의총회 그이름 전장련회 깃발을 높이흔 든다
로정 길에그대 逆轉의 용사같이 勝利를 膳物해 준다

회장 의幕重한 使命을 極히强한 기도로 감당하 리라
회상 하여보면 세월은 일장춘몽 화살촉 지나듯 간다
장구 한역사에 그대는 밤하늘에 빛나는 별이되 리다

홍수 같은恩惠 고결한 바람결에 잠잠히 떠밀려 간다
석양 낙조찬란 한빛이 동행길에 강렬히 비추어 주니
환상 의비전과 꿈꿈도 열매맺어 주님의 뜻成就 하리

장구 한세월에 그대는 무엇으로 그恩惠 보답하 리요
로변 白楊木은 길가에 堵列하여 푸른잎 喝采를 친다
취임 辭한마디 모든것 恩惠恩惠 라하니 눈시울 젖네
임이 오시는날 기름燈 준비하여 기쁘게 맞이하 리다

2024년 11월 21일

축시
제40회 동대구노회남전도회 회장 이현근장로 취임
(대구 동원교회)

동무 생각 옛날 초등학교 운동장에 부둥켜안고 놀던 철부지 동무
대단한 일꾼으로 자라서 교회의 기둥 같은 일꾼이 되어 헌신한다
구원받은 성도는 창세 전 예정되었고 때가 되면 부름에 응답한다
노력하고 힘써 눈물로 씨를 뿌리면 기쁨으로 단을 거두리로다
회장의 막중한 책임감이 무거워 기도하오니 주님 도와주소서
남아 일생 대장부로 태어나 전도 사명 받아 힘껏 뛰어보고 싶다
전도자의 아름다운 발길 산 넘고 강 건너 복음의 씨 뿌리려 간다
도도히 흐르는 강물 따라 선교의 배를 띄워 복음의 씨 뿌리려 한다
회장 취임하는 날 전신 갑주 입고 열방 향해 복음 들고 나가리라
회상하여 보면 모든 것이 주님의 사랑이고 은혜라고 고백한다
장하다 그 이름 동대구노회 남전도회 연합회 단단히 뭉쳤도다
이 세상도 그 정욕도 다 사라지되 오직 하나님만이 영원하도다
현명한 자의 길은 악인의 꾀를 좇지않고 죄인의 길에 서지않는 자로다
근본이 착하고 선하여 여호와의 인자하심 영원토록 따르리로다
장자의 명분 받아 그 직분 따라 사명 다하여 생명록에 기록되리로다
로정길 험한 산 준령이라도 기도와 말씀 따라 사명 감당하리로다
취임하면서 강하고 담대한 믿음 가지고 가나안 복지 점령하련다
임을 향해 따라가는 길 천로역정 따라가는 기독교도가 되리로다

2024년 12월 7일

유경선장로 서울 종로5가 파고다스튜디오 대표

유수같이 흐르는 세월에 모든 역사 흔적 지워지고 사라지는데 그는 사진예술작가로 한국기독교역사를 사진화보기록에 남긴 예술사진작가의 거장이요 총회와 연합단체와 한국교단사와 근대기독교역사를 사진으로 남긴 증인이다.

경사스러운 일에 제일 먼저 나타나서 삼발이 사진기 지지대를 꼭 지점에 설치한다. 그는 미래를 바라보는 원시안(遠視眼)을 가진 사람이다. 한국교회 역사를 사진으로 써서 기록을 유산으로 남긴 사진예술작가로 족적이 크다.

선한 일 기쁜 행사에 생생한 업적을 사진기록첩帖에 담아준다. 그는 나의 중년기 섬겼던 연합단체, 총회부총회장, 총회회계, 전남련회장, 전장련회장을 취임하면서 재임 중 활동하였던 개인 역사의 순간순간을 사진첩에 담아 화보책을 제작하여 주셨기에, 선물 받은 앨범을 지금 소중하게 생각하여 옛날을 기억하며 앨범을 펼쳐보면 청춘이 새롭게 생각나고 함께 활동했던 벗님들 그리워진다. 2001년도 초가을에 그가 서울서북지역장로회장 재임 때, 필자 전장련회장 재임 때 양단체가 합동으로 미지의 세계 아프리카 선교여행을 함께하였다. 그때도 여행사진 앨범에 케냐 마사이족교회 건축기공예배사진과 우리 양단체 일행들과 마사이족들과의 기념사진은 사진작품 가운데 국보급 예술작이다. 수만리 선교여행에서 남는 것은 진정 기록 사진으로 남긴 것뿐이다. 샘 곁에 심은 나무 시집詩集 제목 안에 있는 인사들 사진이 똑똑하게 증명해준다.
그때를 되새기면서…

2024년 12월 30일

축시
대한예수교장로회 전국남전도회연합회 30年史

生命의 빛 그 이름 燦爛한 男傳道會
証人의 삶 그 이름 땅 끝에 전하려해
使道的인 召命에 눈물적신 尊貧들이여
꽃잎피고 꽃잎지고 싸늘한 별빛에
서리내려 응결된지 30개 星霜 그래도
두손마주 잡고 福音船 方舟에 뛰어
올랐소 훈훈한 바람 기쁜 소식
왔다가 어디론가 자꾸만 간다.
어느곳에 모여 머물고 있을까?
자주빛 옷자락에 소복히 쌓여 있음이여
숱한세월 지나면 새움돋아 나겠지
비둘기 감람새잎 물고 올때까지
使命者여 증인의 깃발 높이 들고
일어나 함께 걸어 보옵소서

2011년 7월 2일

격려시
경청노회 50주년 기념 감사예배

경산 청도교회 영광일세 영광
청천하늘 개인 듯 별빛이 유난히 빛나심이여!
노도풍랑 일어나도 주 명령 발하시니 잔잔해졌소
회상하여 보면 춘하추동 철 따라 몇 번이나 옷을
갈아 입었기에 추억이 흠뻑 젖어있소

오~ 지난 세월 반백년 오직 소명자여
마음의 회포란 해소하고 자유를 선포하여 주오
십자가 상에서 저희를 사하여 주옵소서 라는
용서의 기도로 (福)받았으니
주의 사랑 주의 은혜 그 진리 생각이 떠오르시오
년년부흥 년년강성 경청노회여 빛을 발하소서 그대여
승리의 뿔 높여 희년의 양각 나팔을 길게 부소서

감시 감사 감개무량 경청 노회 희년이 다가왔으니
등대 빛 밝히고 말씀 따라 순교정신 기리소서
사랑의 열매 방방곳곳에 뿌려 희생의 열매란
금바구니에 주워담아 고이 간직하였다가
예수님 재림하실 때 은쟁반에 담아 시온소에 드리리다.
배 돛을 올려 희망의 100년을 향해 전진하소서

2012년 10월 22일

축시
옥계교회 100주년 기념

옥색 구슬
해맑은 물방울
찰랑찰랑 흐르고
개울가 언덕위에
우뚝 서 있는
저 망대
파수꾼이여, 무엇을 바라보셨소
그 옛날 무쇠 종소리
새벽을 일깨웠네
인걸은 가고 강산은 열 번 바뀌었으니
상전벽해로다
금오산 앞자락에 님의 향기 옥계소에
담아 놓고
다시 백년 꼬리 긴 거북이
등을 타고
횃불을 밝히소서!

2014년 11월 6일

격려시
慶北老會 第105年 記念 獻詩

뿌리깊은 당신이여 命脈 105年
바람결에 흔들려도 落落長松되어
지난 旅程 아련한 德談 소복이 쌓여
별들의 속삭이는 哀歡이 녹아 있소
希望의 꿈 새롭게 다가올 그날에
鍛鍊된 선수들 歷史의 連續위에
새벽이슬 젖은 옷소매 구슬땀
마른날 없도록 달리는 주의 使者
그대의 召命이요 아름다운 비젼
지금 탄탄대로 뿌리 깊은 당신을
憧憬하며 愛情어린 눈으로 應視하리다

2017년 9월 6일

축시
자인교회 120주년 감사

자비와 인애하심이 지성소 깊게 스며있는 진리의 동산
인생의 삶의 변곡점에 영원을 사모하는 순례자여
교우들과 함께 울고 웃던 120년의 여정
회고하는 세월에 인걸도 가고
일편단심 임 향한 아릿다운 마음 아뢰옵고
백설이 만건곤할 즈음 등불 저 멀리 밝히소서
이 세상도 그 정욕도 지나가되
십년 세월 모아 강산이 열두 번 바뀌어
   그 이름 위대한 자인교회여
주님의 계시따라 진리의 복음 촛불 밝히시니
년년세세 새로운 피조물로 거듭나소서
감사로 제사드려 하나님을 영화롭게
사랑의 목자여 오늘도 의의 길로 인도하소서

2018년 4월 14일

축시
대한예수교장로회 大慶長老會 50年史

生命의 빛 그 이름 燦爛한 大慶長老會
證人의 삶 그 이름 기름부음 받은 長子들이여
뿌리깊은 나무 바람에 흔들리지 아니하니
使徒적 召命에 感應의 눈물 옷고름 젖시며
廣野길 險峻해도 草野에 꽃피고 꽃지며
열매 영글어 온지 知天命에 이르렀으니
長子權의 名分 받들려고 두 손 마주잡고
福音船 方舟에 뛰어 올랐었소
훈훈한 바람 기쁜 소식 때 따라 왔다가
어디론가 자꾸만 간다
인생 喜怒哀樂 어느 곳에 모여 머물고 있을까
紫朱빛 옷자락에 소복이 쌓여 있음이여
숱한 歲月 지나 禧年에는 새움 돋아나겠지
비둘기 감람나무 새잎 물고 올 때까지
使命者들이여! 長子들이여! 별들이여!
그대 崇高한 꿈을 품고 眞理의 기둥과 터 위에
榮譽의 깃발 높이 들고 징검다리 디디고
百年을 향해 뛰어 보소

2018년 9월 1일

축시
기독신보 "오백호" 발간에 즈음하여

높디 높은뜻 고이담은 아름다운 선교지 등불
밝혀온지 "오백호" 그 이름도 찬란하다

영욕의 세월에 언론 본연의
使命 정론직필 感興에 香氣
가슴 뛰게하던 날 "오백호" 발간에
마음 한쪽 살짝 아리게 한다

혈혈단신 고독한 旅程에 천신만고 겹쳐도
광야에 외치는자의 소리로 걸어온
"기독신보"
전능자는 친히 시온에 세우리로다

孤高하게 걸어온길 苦盡甘來 끝에 떡집을 지으니
지혜로 건축하고 명철로 견고해진다
때때로 위력을 발휘하던 날
紙面을 보고 소중한 尊在感에 감탄하였고

朱紅글 읽고 엄청난 憤怒를 분출하였소
"壹千號" 발간하는 그날까지
經典위에 召命을 견고히 세우리니
빛나고 빛나리로다

2022년 6월 11일

작시
장로회신문 新年 元旦 詩
2018년 希望의 새아침 詩와 讚美로 맞이하자

이 땅을 밝게 비추이며 힘있게 떠오르는 太陽 빛
영원을 思慕하는 者에게 深奧한 生命의 핏줄 잇대어
일파만파 일어나는 근심걱정 苦難逆境도 잠잠히 재우고
地平線 넘어 浦口로 이끌어 주시니
팔팔한 精氣는 大地를 여미고 솟구쳐 움터 오르게 하는 힘
년소한 者처럼 두려워말고 대담한 勇氣의 깃발을 든 자처럼
희망의 새해 아득한 옛일은 忘却하고 새 일을 꿈꾸소서
망대를 높이 세워 把守軍 잠에서 警醒케 하여 內憂外患 막아내고
의의 길을 정녕 갈 수 있게 다짐하던 마음 변치 마오
새롭게 태어나는 것은 정녕 아름답고 榮華롭도다
아 아! 간난 아기같이 순진하고 새벽 이슬같이 투명하여져
침략자는 우는 사자처럼 삼킬자를 두루 찾으니
시대의 使命者여 새해 돛을 올려 先知者的 使命 宣布 하소서
외서 여기 보라 힘주어 외칠 者 부르시고 있다오
찬미소리 들리니 癌도 녹이고 치료하시네
미소짓는 애기같이 기쁨을 나누어줘요
로정길 밝게 비치시니 님 向한 一片丹心 精金같이 빛내소서
맞이하는 客들이여 맛을 잃은 소금 길에 밟히니
이 世上도 그 情欲도 지나가되 오직 하나님의 뜻을 행하는 자는
永遠히 居하게 하시니
欲望과 所有欲도 適切할 때 내려놓자
眞理가 너희를 自由케 하리라

서융지 집사님께

그옛날 야유회 갔을때 대장부 두툼한 손으로
물회란 채소란 참기름
주물럭 주물럭 맛있게 무쳐서 맛자랑 멋자랑 손솜씨
장랑을 우쭐대던 그때 싱싱한 청춘때
봄가을 친목회 물좋고 반석 좋은 곳에 야유회로 갔던
젊을 때 생각을 상상해 보면 그시절 좋았던 기억나시나요

서 융 지 집사님께
서광이 찬란하게 빛나는 아침엔
융성하고 번창하여 영화롭게 되고
지향하는 목적따라 義를 追求하면

집사님 가는 길 후광을 두툼하게 비춰줍니다

2025년 2월 9일

축시
꽃피우다 市民中心 慶山 幸福

꽃봉오리부풀어오르고
피어나라나팔꽃청년들
우리같이어깨동무하고
다함께웃음꽃피어난다

시민중심경산행복함성
민첩한날개짓훨훨날아
중대한사명길깨달음에
심기일전은혁신과도전

경산행복건설하려한다
산넘고강건너달려가니
행운도미소로찾아오고
복받은시민웃음꽃핀다

조상대대로누리고온땅
현명지혜로일구워내고
일사불란하다복지경산

경산시민동고동락하니

山은푸르고江물은맑고
시민들꽃보다아름답다

장래희망과꿈선포하니
취사선택명명백백하다
임지를뚜벅뚜벅걷는다

2022년 7월 1일

축시
대한예수교장로회 대구 반야월중부교회 70년사

대승적삶으로위로바라보면
한결같이디딤돌딛고건너가
예사롭지않게생각나는사람
수고하는자만이상급을받고
교우들옛날이야기들려준다
장미꽃붉게피는언덕위올라
노랑나비날아와꽃술에앉아
회상되는그여인눈시울붉다
반가운옛친구들별따라가고
야생화꽃향기생기를돋우고
월등하다남들앞에자랑말라
중대한사명자전신갑주입고
부름받은자만알고있는비밀
교회에는사랑과위로가있고
회개하는성도새생명받는다
칠흑같이어둠밤샛별은뜬다
십년세월강산일곱번바뀜도
년년세월흘러반야월에왔소
사랑하는성도들이땅밟는다

2022년 7월 23일

축시
대한예수교장로회 대구노회장로회연합회 50주년을 즈음하여

대구땅중심 자리매김한 대구노회장로회여!
등대불켜서 밝혀온지50개성상 거목이됐소
지축을잡고 달려와희년되어 희열에 도취되고
언덕배기 반석위 큰집짓고 명철로 견고해진다
모름지기 복음의지평을 땅끝까지 넓히시더니
백합피는 청라언덕 나리꽃짙은향기 뿜어내고
첫사랑깊고 아름다운 그대이름 다시 불러본다
명실공이 대구의 선두주자 당신이 분명하도다
값진나드향유 옥합깨뜨려 향기뿜어내던 그대
여호와께서 주신모든은혜 무엇으로 보답할꼬
장로의사명 감당하려 이슬내리는 새벽깨운다
죽마고우 옛친구지금쯔음은 무엇하고 있을꼬
동쪽하늘 무지개뜨고 서쪽하늘 노을황홀하다
어머니같은 교회 당신을 포근히안아 주려한다
긴긴세월 대구노회장로회 오가는세월 아쉬워
이제 100년을 향해가는길 빛내고빛 내리로다

2022년 8월 27일

대구노회장로회연합회 50주년을 즈음하여 축시 해설

시인이 詩를 짓기 위하여 기도하고 명상하여 지은 詩입니다

"대구노회장로회" 호칭을 감상적으로 불러 보았고 역대의 년대를 상상하여 변화무상한 세월. 황무한 대구도성, 큰 언덕(大邱) 반석위에 대구노회장로회를 설립한지 뜻깊은 희년을 맞이하여 주님께 찬양하고 그 동안 본연의 선교 사명 땅끝까지 지평을 넓혀 생명사역 감당함을 감사하고 대구 땅 선교뿌리의 초석된 청라언덕 백합향기 쓰며있는 "대구노회장로회" 사랑과 아름다운 이름을 詩人은 뜻깊은 50년을 달려온 그 이름을 다시 불러봅니다. 봉사와 헌신의 선두주자로 뛰어오면서 하나님의 은혜를 보답하려는 갸륵한 마음이 있어 새벽 기도시간 동료 장로 위해 기도하며 남은 날 계수하여 교회를 섬기며 사랑품고 100년을 향해가는 대구노회장로회위에 영광스럽고 영광스럽기를 기원하는 축하의 詩입니다.

대구 반야월중부교회 (1)

다듬은 모퉁이 돌같이 아름답구려
산넘어 강렬하게 떠오른 태양같아
은혜를 사모함이 목마른 사슴같고
혜성같이 떠올라 진리를 선포하니
교회를 사랑하는 마음 열화와 같고
회자되는 이야기엔 눈시울 적신다

2022년 11월 12일

대구 반야월중부교회 (2)

다정한 마음 따뜻한 사랑 녹아있고
산울로 아름답게 가리워 주는 교회
은하수같이 수많은 별들 속삭인다
혜성같이 빛난 별 路程길 밝혀준다
교우들 반석 위 든든히 세워져간다
회상하는 날 그 이름 빛나고 빛나리

2022년 11월 12일

축시
〈장로신문〉 창간 20주년을 즈음하여!

오! 그 이름 [장로신문]이여! 지령[紙齡] 약관 스무살에
유난히 빛을 發하는구려!
쟁쟁하던 시절 글쟁이들과 아우러져 우물가 茶집에서
꿈을 꾸었소.
福音의 領域 땅끝까지 넓히고 理想을 穹蒼에 높이려고
제호를 [장로신문] 이라 命名하고
그 定礎 위에 기름을 붓고 꿈과 비젼을 심고 깃발을 들고
주께 찬양과 감사를 드리셨죠.
살같이 빠른 세월 流水같이 흘러가도 信望愛 基督정신
命脈만을 그 바탕에 담아
세월의 流速이 빨라 어느덧 스무살 20주년
氣魄도 蒼蒼한 새벽 이슬같은 청년이 되셨소.
창간호를 발간하던 날 가슴을 부풀게 마음을 설레이게 하던 그날
紙面을 보고 歡喜가 넘쳤소.
푸른 물결 출렁이는 派濤소리 들려올 때도 묵필을 잡았었고.
세찬 바람에 머리카락 휘날리던 그날에도 등불 한등 한등 밝히더니
20주년 맞이하여 大地를 비춰 주는 큰 거울이 되셨소.
오! [장로신문]이여! 감동과 열정이 감격스럽게 분출 되는구려!
그 이름 명실상부하게 자리매김하여 기대감을 채워주셨소!
紙齡 20주년을 즈음하여 巨木이 된 그대를 바라보며

쟁쟁하던 시절 초심을 생각하며 갈채를 보내고
밀물과 썰물 처럼 交叉하던 人傑들
펜은 칼보다 强하다라고 하면서
燈盞에 불 켜서 밝혀온지 어느덧 스무살
이제 구름이 벗겨져 태양이 떠올라
大地에 거울로 밝히니 榮華롭도다
그대 오늘 墨筆로 珠玉 같이 빛나는 希望의 글 써서
마음에 아로새겨주오!
創刊 이십주년 영광 빛나리다.
성령의 불 활활 타오르게하소서.
장로신문이여 영원하라!

2023년 10월 30일

장로신문 발전을 위한 시
장로신문이여, 영원하라!

오! 그 이름 장로신문이여! 창간 약관 스무살에
유난히 빛을 발한구려!
쟁쟁하던 시절, 글쟁이들과 어우러져
우물가 찻집에서 꿈을 꾸었소.
복의 영역 땅끝까지 넓히고 理想을 궁창에 높이려고
제호를 장로신문이라 명명하고 기름붓고 꿈과 비전을 심고
깃발을 들고 주께 찬양과감사를 드렸었죠.
살같이 빠른 세월 유수같이 흘러가도
신망애 기독정신 명맥을 그 바탕에 담아
세월의 유속이 빨라 어느덧 기백도 창창한 이슬같은 청년이 되었소.
창간호를 발간하던 날, 마음을 설레게 하던 그 날,
지면을 보고 환희가 넘쳤소.
푸른 물결 출렁이는 파도소리 들려올때도 묵필을 잡았고,
세찬 바람에 머리카락 휘날리던 그 날에도
등불 한등 한등 밝히더니 20주년 맞이하여
대지를 비춰주는 큰 거울이 되었소.
오! 장로신문이여!
감동과 열정이 감격스럽게 분출되는구려.
그 이름 명실상부하게, 자리매김하여. 기대감을 채워주셨소.
거목이 되어가는 그대를 바라보며,

쟁쟁하던 시절, 초심을 생각하며, 갈채를 보내고,
밀물과 썰물처럼 교우하던, 인걸들 팬은 칼보다 강하다면서,
등잔에 불을 켜서 밝혀온지 스무살,
이제 구름이 벗겨져 태양이 떠올라
대지에 거울로 밝히니, 영화롭도다.
그대 오늘 묵필로 주옥같이 빛나는, 희망의 글!

격려시
전국남전도회연합회 제44회 회장 배원식장로 취임
일어나라! 빛을발하라!

성화의 불꽃 타오르고 召命者는 향기짙은 합환채 꽃다발을 받고 큰 軍團이 된 [전국남전도회연합회] 그 이름이 善하고 아름답다. 존귀한 이름 받아 태어난지 어느덧 마흔넷살 불혹의 여로[旅路]에 많은 꽃나무들 뭉쳐 향기를 뿜어내고 새벽 이슬 머금고 눈물병에 붓을 찍어 편지를 쓰서 님 계신 높은 하늘보좌 우편으로 바람날개에 붙여 보내고 살며시 눈을 감고 잠잠이 생각에 잠겨 있으면 동쪽 하늘 해뜰 때 햇살을 타고 마음밭 정원에 은총을 소복이 내려준다.

파도소리 철석이는 망망한 바다에 조각배 櫓저어 가는 사공들 등대불빛 밝히니 희망을 찾는다.

지평선 넘어 영광스럽고 福된 천국 복음소식 들려줘오!

기백도 창창하니 두 날개 활짝 펼쳐 성산에 오르자!

2024년 9월 7일

축시
김상현목사 Y.N.신문 발간 10주년 기념 감사 詩

금촉펜
마르고 다 닳도록 아쉬움 없이 글 쓰던
해맑은 소년
상상의 금빛 날개 수 천번 펼쳐
푸른 창공 날아오르더니
현현한 색연필로 쓴 이야기를
그대 마음 밭에 고이 담아두오
목양시절 해 저물어 가는
황혼 짙푸른 바닷가 바위에 홀로 앉아
인생길 걸어온 그림책 펼쳐 보던
옛 추억 상상해 보셨나요
사랑에 녹아 젊디젊은 시절 글 쓰는 매력에 끌려
끈끈한 향취나는 색깔 연필로 쓰던 이야기
나그네 인생길에 江山도 상전벽해로 바뀐
Y.N.신문 10년
금촉펜 굵고 작은 글씨로 아로새기던 김상현 목사
아직도 역동성 있는 글씨를 휘날리고 있노라고
외치는 자 되소서

2024년 8월 23일

대구장로합창단 창단 40주년 기념 정기연주회 경축합니다

박정도 단장님의 오프닝

멘트 한마디 한마디에는 오랜 경험과 40년간

긴 역사의 숙련된 멘트로 수정같이 빛나고

보석같은 결정체로 빛을 밝게 발휘하였씁니다

그기에다가 마지막 크로징 멘트는 더욱 매력적이여서

청중들의 마음을 완전히 사로잡고

가슴 확트이는 해변가

웅장한 파도소리보다

더 웅장한 합창단의 높고

나즈막한 음율에 도취되게 하였습니다

지휘자 정희치 님의 지휘 역시 120명 합창단원들의 발성을

감미롭게 잘 다듬어진 가을 단풍 숲속 뀌뚜라미 소리 연주보다

아름답게 소리나도록 지휘봉이 빛났습니다

40년간 누적된 지휘 실역 잘부여주어슈니다

출연자 숙련된 성악 합주는 천상의 천사들의

성악 합주같이 들렸습니다

그 빛나고 통일된 단복과

나비 넥타이 조화로운 것

내면을 잘 표현시켜 주었습니다

스테시지 광경이 멋쟁이들 그자체였습니다

박정도 단장님의 노련한 멘트와 합창단 성숙하게
숙련되고 조화로운 합창과 중창과 색소폰 연주가
극찬을 받으시고 대구 교계와 시민사회 역사에
길이 빛나기를 축원합니다

대구기독교총연합회 이사장 류재양

믿음의 거장 백암 전재규 박사님께 上書

백암 선생은 분명 책제목과 같이 짙은 향기있는 인생길 오늘도 걷는다.

[향기짙은 인생여정. 물댄동산. 마르지않는샘. 샘곁에 심은나무. 백암의 思想]처럼 그 삶의 잎에 진액이 싱싱하다.

예수 그리스도의 恩惠와 平康 充滿을 기원합니다.
詩 제목 같은 人生길
九順길 오기까지 결코 단순하지 않았지만
무거운짐 거친 怒濤
風波 그 숱한 세월을 祖國 대한민국과
함께 동고동낙 해왔어요.

이제 세계 경제 10위권 반열에 등장시키었지 않았소!

누가 어느 세대가 그 무대에서 땀흘려 뛰었는가?

팔구십 세대여!
당당하소서!
백암 선생의 나라사랑 정신력과 끈기와 뚝심 부지런한 勤儉節約

도전정신(挑戰精神)이 가일층 돋보입니다.

그래도 여기까지
오는데 順坦한 길
順摘한 길 亨通한 길
이끌림을 받고 살아왔소! 모든 것이 하나님의 恩惠였소!

全博士님 그 年歲에 氣運 根源泉 어디서 받았소!
2025년도 覇氣있게
雄器(generosity)로 必要緊要한 곳에 熱情
쏟아붙고 거목답게 우뚝서서 龜鑑되고 寶鑑되는
一眞理의 里程標 역할해주기를 바랍니다.

乙巳年 뱀의 해에
지혜롭게 대처하고
10여년 전 칠곡 신동
山고개 넘어오면서 옛날을 상기하며 乘用車 에서 불렀던 각설이
타령!! 생생하게 생각나서 중얼거려 보았소!

얼~ 시구! 절~ 시구! 들어간다
작년에 왔던 각설이가
죽지도 않고 또왔네
요놈의 팔자 요래서
죽지도 않고 또왔네
한 바가지 떠서 자루

에 숙 넣어주면 아이고
아지메 고맙네다. 부자 되이소. 하고 대문 밖
으로 각설이 패거리들이 나간다.

그때는 참말로
힘들게 살았는 데도
인심은 지금 잘 살 때
보다 훨씬 厚했다.

소설책 쓰기 전 한센병 교회 답사하고 돌아올 때 소설책
제목『너도 가서 그리하여라』
넌픽션 단행본 일제강점기 대구 선교역사 흔적과 일정시대 제국
주의 강압정치시대 민족 수난속 비극역사소설
그 책안에 인간이 깨닫지 못했던 하나님의 선교적인 거룩하고 높은 뜻 숨겨져 있는 소설입니다.
당시 시대상황을 내포하고 있는 기치와 의미와 하나님의 섭리를 이해할 수 없습니다.
이 소설책은 대무시민들이 필독해야 하고
읽은 다음 젊은세대에게 일제하 민족 전체가 가난했고 교육도 못 받아 국민의 반 이상이 문맹자였던 시대 역사학자 외에는 특히 젊은 세대는 이해하지 못하는 것이 정상입니다.
그러나 대구의 기독인들은 역사 의식을 고취시켜서 애락원의 역사를 알아야 하고 한샌병 환자들의 애환과 고통을 되새겨 보며 당시 경상도 나환자를 사랑하여 애락원을 설립한 미국 아취발드 플레쳐 선교사(Archibald Fletcher, 별리추, 1882~1970)의

예수 그리스도 안에서 따뜻한 사랑 펼친 것을
기념하는 선교문화관을 그 현지에 건축하여
다음 세대에 반드시 전수되게 할 책무가
대구기독인들의 의무이고 하나님의 명령입니다.
백암의 청라정신과 일맥상통합니다.
갸륵한 뜻 이루어지기를 무릎꿇고 기도합니다.
대구역사와 한국역사에 꼭 기억할 위대한 의료선교역사입니다.
백암 선생은 대구 선교 역사에 길이 남길 큰 업적을 쌓았습니다

2025. 2. 1. 晩湖 류재양 드림

(디모데후서 4:7)
나는 善한 싸움을 싸우고 나의 달려갈 길을 마치고 믿음을 지켰으니 이제 후로는 나를 위하여 義의 면류관이 예비되어 있으므로 主 곧 義로우신 裁判長이 그날에 내게 주실 것이며 내게만 아니라 主의 나타나심을 思慕하는 모든 자에게도니라

최대해 총장님께 宿命傳書

수고위에 수고합니다 설 連休도 없이 뛰고 달려가서
신입생 모집에 邁進하는 모습 차디찬 嚴冬 설날 北風寒雪에
連休도 없이 뛰고 달려가서 신입생을 만나서 밥사주고
선물사주고 달래어서 입학시킨다고 그 苦生 그 手苦하고
勞力한 活動하는 모습 내 눈에 환[煥]하게 豫視로 보입니다
최대해 총장님 아니면 누가 이러한 苦生 사서 하겠습니까?
우리는 예수님의 恩惠의 사슬에 묶이었고
恩惠의 사슬에 매였기 때문에 搖之不動할 수 없습니다
[宿命]입니다 Jhon Calvin 의 敎理 [不可抗力的恩惠]입니다
만약 대신대학교가 문을 닫게 되면 암흑같이 될 가능성이 높습니다
대구 경북, 부울경까지 嶺南地域은 福音의 등불빛이 꺼지면
캄캄한 칠흙 같이 어둠으로 切望狀態로 됩니다
그런 상태를 보고 있을 수 있나요!
지금은 白國民福音시대입니다
바울시대, 디모데시대도 아니고 先敎師時代도 지나갔습니다
이제는 自國民복음 宣敎時代입니다
現在 자국민 宣敎시대에 최대해 총장님을 하나님 權能있는 오른
팔에 붙들려서 쓰임 받아야 하는 이 시대의 숙명을 짊어졌습니다
어려운 사황苦難을 甘來해야 합니다
무조건적 선택을 받았고, 제한속죄 받았고, 불가항력적 은혜받고

성도가 견인 攝理에 끌려가는 중입니다
大神先知 동산의 貴重한 사명 있으므로 그래도 福音의 産室이요 搖籃 됩니다
세상을 밝히는 등대빛입니다
만약 대신대학교 문을 닫으면 칠흙같이 캄캄한 불모지가 됩니다
누가 어디에서 福音의 일꾼을 키울 수 있겠습니까?
이 어려운 일 할 사람 나타나지 않을 것입니다
국가나 교회나 어려운 難國에 처할 때
충성된 忠臣된 역할로 나타나 사명을 감당해야 합니다
全能하신 하나님의 오른팔에 뿌뜨려잡혀 최대해 총장님을
귀히보시고 이시대에 참으로 宿命的으로 귀하게 사용하십니다

(이사야서 43장1절 후반절)
내가 너를 불렀고 내가 너를 지명하여 불렀나니 너는 내것이라

宿命的因
무조건적 선택에 속하므로 순종해야 합니다 하나님 이사야 선지자를 통하여 말씀한 이 말씀 순종 하면 큰 祝福 받습니다
할레루야

2025년 1월 31일

사랑하는 신성길장로님 전서

2025년 명절 설
希望과 活氣찬 출발하여 청송 하늘에
십자가 깃발 휘날리게 하고
집웅 위에 예수 복음 천국을 알리게 하는 간판 세우는 멋쟁이
신성길장로 믿음의 거장 복음의 증인

성경 말씀 따라 삶을 실천하는 세상이 감당치 못할 믿음의 장부 신성길장로
그대가 이 시대 바울사도가 되고 디모데가 됩니다

그대는 아들을 선교사로 배출했고, 하남성에 개척교회도 설립하였습니다

초대교회 성도같이 사랑도 많고 순수복음을 지키기 위하여
청년시대 벽돌을 지개 지고 산에 올라가서 나무 베어
예배당을 짓고 청송화목제일교회 60년사도 출판하였고
지금도 교회를 섬기는 일에 앞장 서서 헌신하는 역전의 용사입니다
당신의 신앙심과 헌신과 인간적 의리를 동경하고 존중합니다
지금부터 22년 전 전국장로회 회장선거 할 때
유인당하지 아니 하고 신의와 의리를 지켜 저를 지지하여준

사나이 男兒의 의리와 志操 잊지 않고 있소
당신의 신앙의 志操도 알고 있소!
사랑하는 신성길장로님 당신의 義理, 志操 잊지 않고
내 오른 가슴에 소복하게 담고 있습니다
2025년 家內平安과 康寧하기를 축원합니다.

오직 신앙의 동지.
변함없는 義理의 同志님
믿음을 굳세게 성경 말씀을 확고하게 매진 합시다

[고전10:31]
그런적 먹든지 마시든지 무엇을 하든지 다 하나님 영광을 위하여 하라

幸福하세요
康寧하세요

乙巳年 음력 초이튿날
류재양 장로 드림

반야월중부교회 담임 서정모목사 성역25년 축하詩

반석위에큰집을짓고
야무지게단단히짓고
월계관을받아쓰려고
중대한결단을하였소
부지런하게뛰어가서
교우들영성살펴주니
회자하는말격려되어
담대한믿음굳게세워
임향한사랑일편단심
서쪽하늘별빛길밝혀
정의와공의을따른다
모범생상장받아들고
목양길험산준령길도
사도같이오직진리길
성역길태양빛황홀빛
이십오년짚어보련다
십자가밑흘린눈물뿐
오직기쁨오직행복만
년수에기쁨가득하소
축하받고격려따르니
하늘엔천사갈채친다

이사야 52장 7절

좋은소식을전하며평화를공포하며

복된좋은소식을가져오며

구원을공포하며시온을향하여이르기를

네하나님이통치하신다하는자의

산을넘는자발이어찌그리아름다운가

2025년 1월 31일

본 교회 사랑하는 후배 장로님들께 詩的글 편지!

지금 詩的 편지로
사랑하는 후배 장로님들 이름을 개별적 한 사람 한 사람 성명을
불러면서 깊히 思索하며 詩的 글 편지를 써내려 갑니다.

글을 써며 이름을
호명하는 장로님들
모두는 이제 시무에서
은퇴한 장로님들로 영적 믿음의 老益將입니다.

우리 교회를 가장 사랑하였고
최선의 열정적으로 섬긴 분들입니다.

한분한분 이름을 호명하면서 詩的 편지를 써려 하니
참으로 감개 무량합니다.
무엇 때문일까?
그 이유가 있기 때문입니다.
우리교회 초창기 설립 때부터
현재까지 沿革을 살펴 보면
아주 특별한 이적 기사를 많이 보여준 교회입니다.

이스라엘 백성 광야교회 40년과 많이 닮았다는 것을 아는 순간부터 우리교회도 불기둥 구름기둥으로 보호하여 주신 것이 알게 되니 감개무량한 것입니다.
그뿐만 아니라 장로님과 동시대 반야월중부교회를 동고동락하며 한마음 한뜻으로 발맞추워 동고동락 섬기며 걸어온 역사가 화살같이 지나간 세월 어느덕 60년
山 고개를 넘어가는것 생각하니 감개무량 할 수밖에 없습니다.

그르나 생각건데 할일들을 다 감당하지 못한 아쉬움도 있고
나태했던 시간도 사랑도 섬김과 배려도 부족했던 것에 대해 아직 未緣 남아있어서 글로 쓰면서 주님께 회개합니다.
장로님들께도 부족한 모든 것 용서와 이해를 바랍니다.

[별도 황대영장로님은 詩的 글을 별도 글 표현함 있고 시무장로님들 제외됨]
깊은 思索하며 한 분 한 분 호명하며 詩的 글 써봅니다.
고홍석장로님, 황삼갑장로님, 배재섭장로님, 한덕승장로님, 김기철장로님, 장로님들 사랑하고 사랑하며 그이름을 불러봅니다!

장로님들께서는 누가 무엇이라고 할지라도 우리 敎會歷史의 관점에서 볼때 믿음의 거장들이요, 보배로운 대들보(梁)들이었던 것입니다 이곳까지 이전 과정의 使命者들이였고 우리교회 역사에 산 증인들이 됩니다.
달성교회, 달성제일교회, 반야월중부교회로 改名變遷史로 오기까지 우리가 일심동체로 삼겹줄이 되어 밀어주고 당겨주었기 때

문에 70년 歷史를 연속해오고 있고 또 100년 歷史를 써 가고 있는 現在가 존재하는 것입니다 지금까지 섬겨온 길을 축하와 격려로 위로합니다 노고를 치하합니다 더욱 굳게 뭉쳐서 섬길 것을 다짐하고 초창기 복음의 산파역을 하였던 분들 기억해봅니다.

역사의 주인은 하나님이시지만 지상 교회는 영적 전투적 교회로서 자기 백성을 불러 세워 使命을 감당하게 합니다.
1952년도 6·25전쟁 중일 때 서남교회 대구 남산동 소재 통합교단 출석하던 未來가 창창하고 촉망하던 몇 명의 소수 학생들이 主軸으로(故김정식목사 미국, 故서덕윤목사대구 논공교회, 故이주형 장로 동대구노회신원교회) 등이 産婆 역할하여 하나님 섭리 가운데 설립한 겨자씨 같은 달성교회로 명명 출발하였고 그때 신유은사 받은 故 이순복권사의 신유 기도와 열정적 믿음을 소유한 학생들 합심기도로 교회부흥에 힘이 되었던 것입니다.

당시 중심 인물들 후에 목사와 장로가 되어 교회를 사역하게 됩니다
초창기는 유약하여 풍전등화 같은 가날픈 새싹 같은 교회였지만 지금 73년의 장년교회로 성장 부흥된 교회가 되었습니다.
하나님께 영광드립니다.
그때 학생들이 복음의 씨앗을 뿌려 심은 교회로서
지금도 젊은 학생과 청년들이 主軸이 되는 교회 되기를 소망합니다.

사랑하는장로님들 축복합니다.
항상 은혜 충만을 기원합니다.

디모데후서4장7절

나는 선한 싸움을 싸우고 나의 달려갈 길을 마치고 믿음을 지켰으니 이제 후로는 나를 위하여 義의 면류관이 예비되었으므로 주 곧 의로우신 재판장이 그날에 주실 것이며 내게만 이니라 주의나타나심을 사모하는 모든자에게도니라

詩的 편지 끝을 맺습니다.

2025년 1월 30일

3부

사랑

작시
가을에 만난 사람
2020년 晚秋

빠른 歲月 늦은가을에
生氣를 만날 수 있을고
아늑한 山자락에 앉아
茶 한 盞을 나누다 보면
가까운 山野에 彩色옷 갈아입은
丹楓성큼 찾아와
맵시를 뽐내고 멋을 부리다
새벽 서릿발 못 이겨
가랑잎 우수수 날리는
해 저문 날 당신을 만나
가슴 비워 香氣로 가득채워
餘韻을 남기고 마음밭 비우기를
몹시 싫어하는 너에게
그윽한 香氣로 踐踐히
채워주고 넌지시 生氣를 만나
潤澤한 가을聖殿에서
山나물 보리밥
숭늉 한 그릇 마시며
속삭이는 말 한마디
애뜻한 사랑 기다림도

바라봄도 남은 자들 몫으로 남겨두고
멋있게 보내련다

2020년 11월 21일

봄에 부활의 찬양시

바람수레 고삐잡고 긴세월을 오가도록
어디론가 중단없이 흘러보낸다
굴곡진 풍랑바다 속 이야기 모아두었다
어둠에 감춰두었던 진주를찾는 먼훗날
역사를 되찾는시간 생명부활 기쁜소식
천사가 전해주련가 봄바람천리향 따라
실개천 돌다리건너 봄동산 언덕에올라
봄나물 캐는소녀들 갯버들꺾어 피리를
불때면 아지랑이도 아롱이고 종달새는
하늘높게솟아올라 삐삐빼빼 부르는데
얼룩황소 몰고나와 쟁기를매워 밭가는
농부 옛들판 낭만에 젖어지지 아니하니
인생삶 시대바뀌어 개천가 물고기처럼
콘크리트 벽속에서 오물거린다
오늘은 부활절주일 영원을 사모하여
택한무리와함께 다시사신 주님을기쁘게
찬양하리다

2022년 4월 17일

청라(담쟁이)

담벽에 말없이 잡고오르는 너
늙은 노파 애처럽게 쳐다본다
가느다란 줄기 넓고 기름진 잎
너를 쳐다보면 가슴 철렁한다
나의 심신이 너처럼 가냘프다
말없이 훨훨 날개짓하고 싶다
내 마음을 누가 알아주려는가
잡으면 놓지 않는 강한 너의 손
바람에 나풀거리는 너의 모습
푸른 별빛처럼 나를 반겨준다
은빛 담쟁이를 닮아보려한다
너를 보고 마음 졸여하는 소녀
오늘도 향수젖은 청라언덕 길
너를 바라보며 끈기를 발한다
포기치 않고 정상을 점령하려
너에게 배운 저력에 감복한다
나 지금 너처럼 벽오르려 한다

大河

대하는 말없이 넘실거리며 흐르고
어디서 어디로 무엇하러 가는지를
도대체 뉘게 그 사연들을 알아보랴

봄 보슬비 여름 소낙비 알고 있을까
찾고 찾고 찾으면 그가 내게 말하리

강물은 유유히 쉬임없이 흘러가고
물고기 서식하고 어부 배 띄우라고
세상 모든 이치는 톱니바퀴 짝짓듯
모든 피조물은 짝을 짓고 살아간다

인생 삶도 신의 섭리로 짝지어가리
흐르는 강물 많은 사람 배 태워가고

먹구름 떠올라 장대비 내리게 하여
사막에 강을 광야에 길을 내게 하니

흘러가는 세월에 의미를 새겨줘요
그대 이름 지워지지 않고 녹명 되소

대하는 오늘도 도도하게 흘러간다

2022년 8월 8일

축시
짙은 향기 인생 여정

그대의 인생관 어느 곳에 초점을 맞추어 살아오셨소
청솔 향기 짙푸른 청산이였소 기름진 들판 옥토였소

짙푸른 산속에는 맑은 샘 솟아나고 산새들 목적신다
은빛 찬란히 빛나는 들판에는 야생화 꽃이 피어있어
짙은향기 인생여정 걸어온 삶의 길 궤적도 뚜렷하다

걸어온 선지 동산 사도의 길이었고 대하의 강이었소
천성을 향해 가는 기독도의 길에는 짙은 향기였다오
서산 해넘어 가기전 가슴속에 뒀던 비밀을 풀어놓고
저장고 깊은 곳에 감추어 두었던 아름다운 이야기도

가슴아리는 나그네 구수한 숭녕 한 그릇 대접해줘요
인생여정 주 는이 행복하고 받는이 생기가 돋아 난다
나그네 길목에 기쁘게 즐겁게 함께 행복을 누리소서

2022년 8월 9일

··· **의미풀이** ···
우리 인생 나그네길 어느 곳을 목표점을 정하여 지금까지 삶을 영위

하셨는지 되돌아보며 아브라함처럼 산지를 택하셨는지 롯같이 비옥한 들판을 택하였는지 성령을 사모하며 살아왔는지 물질을 바라보고 살아왔는지

짙푸른 聖山에서 말씀의 생수를 마시며 천성을 향해 가는 기독도의 삶이었는지 은빛 찬란하고 화려한 들판에 꽃길을 향해 살았는지 지나간 발자국 뚜렷한 궤적이었기에 당신은 옳은 길 걸어온 사도의 삶이 확실하였고

선지동산에서는 큰 강이 되었고 기독도의 길에는 짙은 향기를 풍기는 삶이었소 인생 종착역에 도달하기 전 간직한 모든 체험들을 간증으로 풀어놓고 받은 소유물도 뜻있게 사용하셨소 나그네 인생들에게 따뜻한 위로를 베풀어 주었으니 행복감을 누리고 받은 자에게 생명의 용기를 주었으니 전도자의 삶은 나그네 길에 천성을 향해 가는 기독도의 길을 의미하는 감동의 시이다.

저 높은 곳을 향하여

저녁노을황홀하게비칠때에
높은곳을향하여찬양하리다
은혜의날개펼쳐인도하시니
곳곳마다아름다운열매맺고
향기짙은인생나그네여정길
전능자의섭리심오막측하여
광야새벽만나와매추라기를
흡족하게내려줘먹게하시니
그이름높여영원을사모하고
파는샘마다생수가솟아나고
불기둥구름기둥으로이끌고
저높은그곳을향하여날마다
나아갑니다그곳은빛과사랑
언제나가득하여넘치옵니다
내주여내발붙드사그곳에서
영원한복락누리며찬양하리
나항상빛난곳을바라봅니다
날마다찬양하고기도하오니
내발붙드사그곳있게하소서
그곳에평강과희락가득하니
저높은곳향하여나아갑니다

2022년 12월 11일

그가 나에게 말씀하다

믿음은 바라는 것의 실상이요 보지 못한 것의 증거니라
흙으로 지음받은 너 그 속에 생기를 불어넣은 인생이야
지상낙원 에덴동산에 아담과 하와 첫 가정으로 지음받아
그를 지은 창조자를 의뢰하라고 자유의지를 주었더니
자유의 금도를 넘고 욕심따라 금단의 열매 따먹은 여인
눈이 밝아 벗은 것 알고 부끄러움을 느껴 무화과잎 가려
태양빛에 쪼이니 얼마 가지 못해 말라 쪼그라 들어가니
모름지기 그래도 가죽 옷 지어 입혀주셨던 사랑의 극치
십자가의 도가 구원을 얻는 우리에게는 하나님의 능력
이 세상에 있는 육신의 정욕과 안목의 정욕이 생의 자랑
이 세상도 그 정욕도 지나가되 오직 하나님의 뜻을 행자
영원히 거하니라 누구든지 세상을 사랑하면 아버지의
사랑이 그 안에 있지 아니하니 이 세상 것들 사랑치 말라

2022년 12월 11일

동무 생각

옛날초등학교운동장부둥켜안고놀던때
줄당기기경주로백군이겨라청군힘내라
기백을높여외친함성어느곳에모여있나
한시대는그렇게가고새로운날찾아왔다
빽빽하게놀던운동장엉성하게텅비었소
동무가많아야사랑도즐거움도가득찬다
동무따라따뜻한남역땅강남에가보련다
옛날을생각하며옛친구들생각삼삼하다
주마등처럼찰라의순간에수많은장면도
이제는기억을떠올리며옛동무생각한다
그래도달려온길에사랑의쌀나눔이웃들
함께웃고울던감격했던보람된날있었소
뿐만아니라경북노회에서동대구노회로
이전입당했던이천일년파월이십육일은
전능자의섭리와은혜로성취됨알고있소
언제인가는그은혜그사랑고백하리로다

2022년 12월 11일

고향 생각

고향은빛과사랑이넘치는곳
향수짙은곳어머니의품같아
생각하면포근하고따뜻하다
각박한세상동무들생각난다
어릴때놀던친구어디에있나
세월따라꼬부랑길가나보다
새벽밥먹고삿갓쓰고길가다
길가방공호빠져교복도젖고
책보자기는어깨에매었기에
흙탕물에젖지않고깨끗했다
그래도고향에는추억있기에
樂望도있고꿈을키운곳이다
고향집가는길韻致를느낀다
가고파라가고파내살던고향
언제나가고싶은내고향松林

2022년 12월 10일

역전의 용사 투지의 길

두메산골 앞산이 높아 해도 늦게 뜨는 基趾
그곳에 살던 꿈 많은 소년은 일제치하 出生
쌀독 비어 있어 밥을 지어먹을 수 없는 家難
인생에게 배고픔의 서러움이 제일 큰 嘆息
그의 길에 조국의 광복 해방이 찾아온 歡喜
소년 새벽밥 먹고 삼 년간 등하교길 五拾里
매일 왕래하였고 희망을 품고 끈질긴 旅程
세월은 유수같이 흘러 삼 년의 교과를 卒業
그후 소년은 더 큰 꿈을 꾸고 더 넓은 곳 大地
그곳을 바라보며 동지섣달 긴긴밤도 不眠
몸부림치며 밤잠 아끼여 희미한 魚油燈盞
호롱불 아래 공부 열심히 하여 백리길 遊學
기회는 오지 않아 겨울에도 自就冷房生活
영양실조로 신경쇠약 노이로제 걸린 苦惱
고뇌를 해결하기 위해 전능자를 찾아 敎會
자원하여 갈 마음 있을 때 전도를 받아 出席
진행된 모든 과정이 제 알기엔 豫定과 攝理
젊은 청년 시기에 주님 영접하고 많은 體驗
그후에 이십삼세에 결혼하여 가정을 成就
결혼한 늦은 나이에 국방의무 감당 軍入隊

훈련소 교육 마치고 많은 부대에 전출 除隊
첫 취업한 곳 왜관켐프켈로미군부대 就業
일 년 근무하다 대 구대명전기제작소 移職
경리과장직 수행 별보고 출근 별 보고 退勤
그곳에 칠 년을 충성스럽게 근무하니 奇迹
아무도 모르게 찾아온 기적 자영업을 經營
이때부터 영혼이 잘됨같이 범사에도 亨通
확실한 믿음이 성장하여 교회의 長老將立
장로는 노회부 노회장 총회부 총회장 歷任
그는 전국장로회장 전국남전도회장 歷任
대기총 이사장 대신대학발전 추진委員長
모든 것 하나님 恩惠로 감당함에 전적 감사

2022년 12월 11일

반야월중부교회등록 출석한 지 60년 지난 세월

교회는판자목제로건축한일층집양철집붕건물
그때는그래도우풍은심해도궁전처럼보였었소
성도들뜨거운눈물의기도의열기에춥지않았다
난로옆모여앉아재미있는이야기밤을지세웠고
성탄절전야새벽송가정다니면서아기예수
탄생을축하니요한밤거룩한밤주예수나신밤
겨울낭방나무로뙤다얼마후무연탄난로바꾸고
새벽기도흘린눈물마루바닥소낙비같이흘렸다
그때나의소원은성전건축시쓰주시옵소서라고
간절히기도하였든히마침내때마추워쓰주셨다
간절한기도는하나님열납하여반듯이응답한다
그후영혼이잘됨같이범사가잘되장로장립받고
교회를달성동에서반야월로이전한데쓰임받고
영권불권받아총회와장로회와남전도회섬겼다
현제대기총이사장과대신대학교를섬기고있다
나의나된것은전적하나님은혜임을고백합니다
이후자녀손들반야월중부교회의기둥같이되여
잘섬기고지키기를간절히기도하고간구합니다
무연탄난로옆모여앉아재미있는이야기밤쉤고
성탄절전야새벽송하기위해가정가정다니면서

성탄축하송으로예수님생신알려주었지새벽송
시대가변하여새벽종도못치고새벽송도못하니
아쉬움도많아옛날를사모하며옛날이그리웁다

2022년 12월 12일

눈 내리는 날 기차여행

오늘 아침 날씨 유난히 포근하고 온화하다
하늘에서 하얀 쌀가루눈이 철길에 내린다
들판에 흰 쌀눈 소복히 내려 백사장 만든다
창공을 비상하던 그 새들 둥지를 틀고 있다
풀벌레들도 집밖으로 날아다니지 않는다
지혜로운 개미와 벌집밖에 나들이 않는다
산천에꽃도 눈바람에 꽃잎이 오무러든다
꽃술도 흰눈에 덮혔고 풀벌레도 움츠린다
세상만사 잠잠한데 사람 플랫폼 분산하다
눈 내리는날 강아지와 망아지 즐겁게 뛰논다
눈 내리는날 기차여행 순백세상 바라본다
인생여정 뒤안길 여백에 백합꽃 채우련다

2022년 12월 23일

봄맞이 꽃이 먼저

봄맞이 꽃이 먼저
봄맞이 하려고 진달래꽃이 먼저 피어 기다립니다.
두근두근한 마음 누군가에게 들킬까봐
안방 문을 빼꼼이 밀쳐 열고
수줍움을 삼키며 봄마중 갑니다.
높고 험준한 구룡산 준령을 넘어가면
삼거리 길를 만난다.
이쪽 길 저쪽 길 사이 길 삼거리 길에
선택길에 즈음하면 상념(想念)에 잠긴다.
욕심없는 善한 길을 판별하는 지혜를 받자.
봄은 교훈의 계절, 인생의 삶의 理治에 깨닭음을 준다.
생각을 넓혀보자.

아침 산행 언제나 아침 공기는

아침 산행 언제나 아침 공기는 산뜻하고 신선하다.
삶의 터전에서부터 떠나는 여행이다.
山野를 본다는 것은 뭘까?
쌀쌀한 아침 산행이라도 따스한 마음으로 출발하여
頂上을 밟은 순간 야호!
歡呼로 응답한다
오래도록 기억에 남아있는 산행은
옛 동무들 고향 뒷동산 등정하였을 때 였나보다.

오묘하다. 저렇게도 (1)

오묘하다. 저렇게도 존귀한 삶을 살다니…
한평생 그 자리에서 태양을 받고 달빛을 받네.
불평없이 귀한 꽃을 피우다니!
주말 좋은아침

오묘하다. 저렇게도 (2)

오묘하다. 저렇게도 오묘하고 귀한 삶을 살다니
한평생 그 자리에서 태양을 받고 달빛받았네.
불평도 없이 오묘한 꽃 피우니
한송이 꽃을 피우기 위해 그토록 햇빛을 받고
싸늘한 달빛을 비쳐줬나보다
향기짙은 인생 여정 꽃향기 묻어낸다
철학자의 길이였나 지혜자의 길이였나
유유히 흐르는 세월 담대하게 걷는다
꿈을 포기치 않았고 理想도 높이었다
그 모습이 師表 되었지요.
오묘하다 향기짙다

뜻이 있는 곳 기회 있다

아!
뜻이 있는 곳 기회있다
아무리 작은 기회라도 온몸을 던지는 씨앗처럼
옥토에 심겨지면 결실맺고
돌짝밭에 심겨지면 씨앗이 싹을 내지 못하여 말라버린다
우리 마음 날마다 기경하여 옥토되게 가꾸워 결실맺어
주인께 드리어 상급받게 기도드려요
늘 그러하듯 믿음 소망 사랑 충만하기를
마음 다해 간구한다.

사람을 따라가면 바보 멍텅구리

사람을 따라가면 바보 멍텅구리,
세상을 따라가면 더 큰 멍텅구리,
내가 누군인지를 모르고 살아 가면 크고 큰 멍텅구리
봄이 어디에서 오는지도 모르고,
몽돌이 몇만번 깎기어야 둥글게 다듬어지는지
도대체 알수 없는
나는 멍텅구리
기분 참 좋은아침

행복을 찾아 붙잡으려고

행복을 찾아 붙잡으려고 단단히 결심을 했다.
밀쳐도 보았고 해쳐 보기도 했다.
이모저모했었지만 찾지 못했다.
본전을 잃을번 했다
삼월이 오면 결국엔 꽃이 필테니
자연을 보고 깨닫고 감사를 했다.
마음에 기쁨 생겨 다 감사를 했다.
기부를 조금하였다 마음 기쁘다.
어찌된 건가 주는 것이 받는것보다 낫다는 것을
행복을 찾으려 하면 기부를 해요.
기쁘게 살려고 하면 나눔을 해요.
사랑의 쌀 나눔행사.
33년 됐잖아요

봄 봄이 오는 강가를

봄
봄이 오는 강가를 걸어가는 날에
보슬비도 소리없이 촉촉하게 내리고
봄바람 소리없이 살랑살랑 부는 미풍에
머리카락 나부끼고
강물도 소리없이 흘러가고
노랑나비 봄바람 타고 날아와 패랭이꽃에 나풀나풀 거린다
봄은 약동하는 계절
푸른 풀밭엔 망아지 자유롭게 뛰고 논다.

동녘이 트이니

동녘이 트이니
산이 그리워 背囊(배낭) 하나에 지팡이 잡으면
어느모로 보나 旅路를 行하는 나그네
山길에 햇살내리니 그 아침이 곱네요.
고운 승객을 태워 달리는 汽車
저 멀리 가물가물하게 보인다
壁山기슬
유유히 흐르는 江물 쉼없이 흐른다
꿈많던 나그네 하염없다

단순함을 찾는다 단순하면

단순함을 찾는다.
단순하면 맑아 보이고 간결해진다.
꾸밈없는 사람이 편해 보인다.
먼저 생각부터 단순해지기로 작정해 본다.
작심삼일만에 마음이 복잡한 생각이 가득 채워졌다.
단순해지려면 마음 중심에 달린 욕심의 호주머니를
결단의 가위로 짤라 놓아야 하나보다
단순하고 간결한 사람 보고싶고 만나고 싶은 간절한 마음
또다시 그립다

세상을 밝히는 책

누군가 세상을 밝히는 책.
누군가 밤10시에 전화로 묻는다.
왜 책을 읽어야 합니까 묻는다.
밖이 어두우니 등불을 밝혀 세상을 비추어야 한다고
愚門賢答을 한다
또 묻는 말 바닷물이 썩지 않는 이유를 아느냐 라고
또 우문현답은 염분물이라고
그러면 빛과 소금의 역할하는 사명자는
누구인가를 부른다
어둡고 썩은 냄새나는 곳을 비추려 하려나보다

고향따라 삼천리 가느다란

고향따라 삼천리
가느다란 꽃나무 가지엔 물이 오르면
연초록 잎새가 뽀족이 피어나고
가느다란 꽃나무 가지에 물이 오르면 분홍꽃 잎 피어난다.
삼천리 강산에 사랑받는 무궁화
가느다란 나뭇가지에 꽃잎 피어난다.
江가에 청둥오리 날개깃 뽐내고,
동산에 울창한 대나무숲 청량한 향기 뿜어내는
江山에 살고 싶으라
나의 살던 고향은 꽃피는 산골
복숭아꽃 살구꽃 아기 진달래.

지혜자와 동행

누에는 그 지혜자와 동행
누에는 그 입에서 명주실을 뽑지만
그 실로 인해 자기를 가두고
사람은 그 입술에 말로 인해 자기를 가둔다.
지혜자와 동행하면 지혜를 얻고
우둔한 자와 동행하면 우매하게 되고
지혜자와 동행하여 하늘에 별과 같이 되어
영원토록 빛나리라

봄 햇살 봄 햇살이 살며시

봄 햇살
봄 햇살이 살며시 내려
대지를 포근하게 어루만져 주고
잠자는 봄을 간지려 깨우니
화들짝 놀란 새싹이 급하게 봄을 깨운다
초가집 구멍 뚫린 안방문틈 사이로
빼꼼히 안방을 들여다 볼까말까 망설이는
봄 햇살이 수줍움을 나타낸다
긴 봄날 해가 저물면 봄 햇살도 잠을 잔다

빛을 향하여 둘이 함께 걷는 날이

빛을 향하여 둘이 함께 걷는 날이 아름답지만
언제인가는 혼자 걸어야 가는 날
지팡이 잡고 고독하게 걸어가는 나그네 인생 여로에
빛 비쳐주네
그대의 인생여로에 빛 비쳐주네
나는 놀랐네 그 빛에 나는 놀랐네 그 빛에
빛에 놀랐네 그 빛에
빛에 놀랐네 그 빛에
말도 못했네 그 빛에
말도 못했네 그 빛에 걸어가리라
그 빛에 걸어가리라 그 빛에 아무말 못했네
빛에 아무말 못했네 빛에.

물소리

출렁출렁거리는물소리
졸졸졸흘러가는물소리
밀려오고밀려가는波濤
폭포에낙착하는汽笛聲
大河는도도하게흐르니
뱃사공노젓는물소리
浮游떠흘러가는소리
통회하는눈물의고백소리
출렁거리며바다를향해
가는강물소리소화전에서
뿜아내는소방殺水물소리
물소리그치면
대지는조용하고潛潛해진다

바람소리

봄바람꽃바람훈훈한바람소리
눈보라몰아칠때윙윙세찬소리
천둥치고소낙비오는바람소리
잔잔한호수쓰담아주는소리
농부땀딲아주는시원한바람
바다에파도일으키는큰태풍
저녁노을빛찬란하게비칠때
바람소리조용하면마음잠잠
찰랑찰랑흘러가는
산골짝도랑물소리
들려온다출렁출렁이며
속절없이흐르는
강물소리들린다
넘실넘실춤을추는
파고소리마음에
안정감을준다
고지를점령하는군사들의
용감한음성도들리던가
높은음낮은음
부드러운소리온화한소리인가

高押的인강경한소리인가
軟착육硬착육하려고
幻聽耳鳴들리니
완급화급희로애락을
느낌을갖게한다
베데스타팔복산상
수훈들려준다
저녁노을서산해넘어갈때
부는바람소리들리는가
잠잠하라고

2023년 1월 13일

꿈을 펼쳐라, 비전을 펼쳐라, 기적을 이루리라

기다리면 도전하고 밀어주고 당겨주리라
아 아! 여기가 아름다운 학문의 산실이라
대신대학교 진리의 전당[동산]

꿈을 키우라 비전을 키우라

달구벌 뜰에서 백자산 정상에 올라
웅비하리라 비상하리라
대신대학교 진리의 전당[동산]

새벽이 밝아온다. 계명성 밝아온다

그날을 희망하여[바라보며] 우리는 예비하고 준비하리다
학우여, 교우여, 광명헌 그 날은 사명자가 엮어가야 할 길
선지동산 대신대학교 진리의 전당

나가세, 나가세[전진해 전진해][앞으로 앞으로]

예수 그리스도의 군사로 전진하세 대신의 교우들이여
무릎이 다 닳도록 연마하고 가슴 뜨겁도록 불을 지피자
대신대학교 진리의 전당

그리움

세월은 그리움을 싣고달
리는 유성과도 같은가봐
밤하늘에 수많은 별들 중
유성이 되어 흘러가는가
그래도 여명이 밝아오는
새벽엔 유난히 빤짝이는
샛별은 희망을 안겨주고
아침이슬 영롱하게 맺어
벼잎이슬 머금고 자란다
소년들이여 일어나 빛을
발하라 그대들에게 조국
의 앞날에 명암 달려있소
아침이슬같은 청년들이
이 땅을 이끄는 날 광명한
태양 빛 찬란히 빛나리다

2023년 1월 19일

설경

가로질러건너굽어돌아간다
눈부신빙하경계선을넘어서
순백평화로운설경길을따라
바람소리들으면서걸어간다
물소리들으며따라걸어간다
새소리들으며설경을걸어리
멈추지말고담대히걸어본다
포기치말고그길을걸어보라
설경에비치는햇살을받는다
눈꽃숨쉬는산소를먹어보고
찬바람불어깨우는졸탁동시
사랑과꿈희망에노래부른다

2024년 2월 11일 (실닐)

젊은 날

오래前젊은그시절
용기넘치는그모습
자신감넘치던모양
아직그멋비춰져요
담대함을잊지말고
높이높이펼쳐가요
용기만은놓지말고
높은곳향해뛰어요
기백늠늠한그모습
가슴부풀러오른다
뛰고뛰어도아쉽다
꿈과비전가져봤죠
잡은것못잡은것이
성취감상실감된다

2024년 2월 11일

익어가는 가을

가을이 닥아오네
저만치 익어가네
인생 가을 아무러가고
축적된 지혜
서산걸 타고 있을 때
낙조는 황홀하게 빛을 발하는데
각색 단풍은 물들고 낙옆은 떨어지는데
인생 여정에 가을 열매는 여물어 가는가
뜻 깊고 의미있는 생애를 믿음 소망 사랑 전해주오
느적 저물어 가는 때
향기짙은 인생길
아름다운 여정 길 되기를 바란다오

2023년 11월 2일

세월은 말한다

강물은흘러가고

물새도날아간다

그대여노저어요

등대빛보이는데

기다리던그님은

어느곳에갔는지

별들은알고있지

나비야말해다오

너도알고있는지

少女의 마음

얼음 녹인 연못에
少女의 마음
얼음 녹인 연못에
오리들 똘방똘방하게 모여놀고
冬眠에서 일찍 깨어난
개구리 눈(眼)망을 같은 몽돌들
개울을 돌아다니다가 귀퉁이 가다
닳아서 몽돌같이 올망졸망하게 생긴 조각돌
少女의 마음씨같이 몽실몽실해 보였다
자연의 섭리는 아름답게 다듬어져 갑니다

앞산길 길위에 잔설

앞산길 길위에 잔설이 쌓여있어도
골짝이엔 냉냉하게 흘러가는
눈 녹인 냇물소리 귓전을 울리고
눈바람 소리는 목도리 깃을 스쳐간다
스쳐가는 눈(雪)바람도 계절에
무상함을 느낄 때 등산길 따라
봄이 재빨리 달려왔으면 좋겠다.
지팡이 소리 듣고 잠자던
개구리도 짝 찾는 노래했으면 좋겠다.
상쾌한 아침 피아노 멜로디처럼.
행복한 미소에.

호수같은 그리운 마음

눈으로보고만있어도
마음시원해지는호수
바다와같이넓고깊다
채우고채워도넘치지
않고흘러보내고흘러
보내도마르지않는다
바람이일면출렁이고
바람이자면고요하다
깊이를알수없는짚푸
른호수그리움의마음
겉으로보기에는있는
듯없는듯하다크기와
깊이를알수없는마음
호수같이받아주어요

2023년 8월 12일

매미소리 옛날 옛적 가로수

매미소리 옛날옛적 가로수 가지에 붙어
가지각색 멜로디로 음색을 가졌던 암놈 매미소리
마음 살짝살짝 건드리던 암놈 매미소리
요즈음에 몽땅 사라져 버렸고
느티나무 가로수 가지에 붙은 수놈 말매미
탁한 목소리만 들려오니 어찌된 것인가요
서늘한 가을이 찾아오면 수놈 매미 탁한 소리도 사라지고
귀뚜라미 뀌뚤귀뚤하는 소리만 들리는 가을은
나그네 인생 발길 닿는 곳마다
외로움이 잦아들고 바람소리 마저도 고적하게 들리는
늦은 가을 떠나보내는 것이 애처롭다.

가을 하늘은 푸르고 높고 맑아

가을 하늘은 푸르고 높고 맑아
고추잠자리가 나직하게 맨손에 잡힐 듯 날고 있다.
초가지붕위에 빨간고추 양지볕에 건조하는 풍경
길가에 코스모스 하늘하늘 나부끼는 모습 아름답다
자연은 옛 모습 그것인데
별을 따라가는 아이들이 보이지를 않아
쓸쓸하고 고적한 마음을 둘곳 없다.
그때같이 시끌벅적하게 뛰다니는 아이 보고싶다.
그때 그 시절에 가을 운동회가 그리움다
가을하늘 맑아졌어요 내가 맑아 졌어요
하늘이 높아졌어요 내가 낮아졌어요
가을인가봐요
하늘이 높아졌어요. 내가 낮아졌어요.
모를 일이네!
있는 그대로가 좋은 날

자연애찬

만년설 녹아 호수되었고
눈구름아래 씨앗이 생명을 움터 울창한 숲으로 자랐다.
아득한 옛날 생명의 젖줄 황막한 사막길,
협곡의 호수 바라보는이 가슴에
맑은 자연 환경 굽이굽이 모여든다.
계곡의 길이 막혀서 호수가 되었다.
사막의 진주같아 또 다른 꿈꾼다.

2023년 12월 20일

희망

인생후반전이 福이라면 희망이 보인다.
꾹 참고 있었는데 그 때를 생각하면 북받쳐 오른다.
당신 때문에 웃음꽃이 핀다.
궂은일도 맡아해 준다. 가슴이 쿵덩쿵덩했어요.
말하기 부끄러워서 나 혼자 분주한 살림꾼을 그리면서,
시키는 것 다한다, 왜 시큰둥한 것 같지,
참았던 서운함이 눈물로 터져나온다.
행복을 느끼면서

2023년 12월 19일

가는 세월

목탄기차는 추억을 싣고 달려가고
흐르는 세월은 기적을 싣고 달린다
바닷가 언덕 절경을 파도가 만들고
향기짙은 봄사랑에 행복을 만든다
사람사람간에만 있는 정을 나누고
돛단배 희망의 돛 높여 달리고싶고
마음의 닻 내리어 평안을 갖고싶다

샘곁에 심겨진 나무

봄바람불면나무가지에움돋고
여름가뭄이와도싱싱하게자라
가을탐스런열매주렁주렁맺어
겨울에백설내려도두렵지않아
일년사계절철따라사명감당해
원천에심겨진나무아름답구려

2024년 6월 12일 새벽시간

너는 알고 있지

너빈손일때나를만났었지아니하였니
너첫걸음걷는날내가웃는얼굴보았지
너땀흘리며뛰어온그모습내가보았지
너시련길허덕일때내가그모습보았지
너인생길뛰고달려온걸음그는보았지
너의한평생걸어온길땀흘림을보았지
너인생길동행하신그를너는알고있지
너는그동안수고했고참으로수고했다
너는열심히살았고정말열심히살았다
너의생애를인정하니참으로행복하다

2024년 6월 12일

천지창조 이래

천지창조이래
春夏秋冬 시작되었으니
밤낮 시간 짧고 길다
삼라만상 계절 따라
채색옷 조화롭게 갈아입고
물안개 피어오르는 날
청둥오리 연못에서 물장구친다
이제 가보니 청둥오리 떠나가고
적막만 흐르고 있다
어느 날에 그 연못에 옛날같이
청둥오리 물장구치는 날
되돌아올까

살금살금 걸어라

살금살금 걸어라.
유월이 도망갈라.
푸른 유월이 짙은 칠월에 잠길라.
오고 감은 예 있는데 어디에든 잡을 길 없네.

사랑으로 지켜 보는 눈빛

당신은 내 밥상머리에도 앉아 계시고
당신은 내 책상머리에도 앉아 계시고
당신은 내 침상머리에도 앉아 계시니
내가 어떻게 당신께 거짓 변명하리요
아무말없이 조용히 미소로 바라보니
나의 얼굴빛이 다홍색같이 변합니다
가슴도 빠르게 쿵덕쿵 두근거립니다
당신은 이미 나를 다 알고 계시는군요
나의 모든 사정을 다 알아주는 그 사랑
당신만을 사랑한다라고 고백합니다
오! 오!
나의 사랑 당신만을 높이 찬양합니다.

2024년 7월 7일

내 곁에 계신 분

그는 내 곁에 그림자처럼 말없이 항상 계신다
눈 내리는 겨울밤에도 비 내리는 여름밤에도
소곤소곤히 이야기해도 다 듣고 계십니다
혈기왕성하던 청년시절 주암산 범굴 속에
소리소리치며 부르짖던 그때도 듣고 계셨다
때때로 나무뿌리 붙잡고 울부짖을 그 때도
말없이 조용히 내 곁에서 듣고 계셨다
환난질고 위기시 전광화석같이 밀착해 주셨다
공중에서 내 이름 부르면서 그것 네것 아니다
그 소리 듣고 처음 몸에 전율 느끼게 하셨고
당신의 큰 뜻을 우둔한 내게 깨우쳐 주셨다
비산동 언덕밑에서 강렬한 빛을 비쳐주셔서
그 빛 인해 눈을 뜰 수 없었고 온몸 홍렬돋아
진정한 회개를 하게 되었다
흰눈보다 더 흰 세계를 보았고 안도에 안도로 평안을 맛보았다
새벽길 달성공원 언덕빼기 오르내리면서
당신을 만나 감격찬 눈물로 가슴 뜨겁게 포옹하였고
당신의 음성을 듣는 이는 온 몸에 전율 느끼게 되고
당신의 빛에 비치게 되면 누구든지 당신앞에 꺼꾸러진다
그는 자애롭고 인자하시어 자기 백성을 참으로 사랑한다

곁길로 도망가면 끝까지 찾아가서 채찍을 쳐서라도 찾아온다
그는 만주의 주시오 만 왕의 왕이시다
그가 호령하면 천군천사 나팔불고 만군의 여호와 군대가
세상 체질 다 녹아 내리게 한다
나는 고백한다 그의 음성을 들었고 나는 직설한다
그의 빛을 보았고 나는 오로지 그를 믿는다
할렐루야 아멘

2024년 7월 7일

돌탑

깊고 깊은 계곡 맑은 물소리 졸졸 흐르고
산새도 재갈재갈 거리고 맑은 물 흐르는 냇가
조각돌 한 개 한개 쌓아올려 놓은 돌탑
그 애뜻한 마음씨를 想想해 보니
아주 먼 그 옛날. 그 시절 내가 살던 그 산골 고향
엄마가 기워준 삼베 바지
무릎까지 쫄려 올라간 몽당 삼베 바지 입고
장군덤 밑 시냇가에 물장구치며 아무 생각없이
뛰놀던 그 때 그 동무들 생각난다.
그 고향도 桑田碧海로 변했다.
그 동무들 보이지 않는다.
세월이 말해준다.
인생은 그 날이 풀과 같고
그 영화가 들에 핀 꽃과 같다.
진리는 말한다
나는 부활이요 생명이니
나를 믿는 자는 죽어도 살겠고
무릇 살아서 나를 믿는 자는 영원히 죽지 아니하리니
이것을 네가 믿느냐?
예 믿습니다 라고 대답해 보이소.

2024년 8월 19일

가을애찬

깊어가는 가을 산야를 오색 단풍 옷 갈아 입게 하고
알곡 열매 주렁주렁 매달리게 하고
강물은 쉬원쉬원하게 흐르고
산다람쥐 양뽈에 알밤 가득 먹고 트질 듯 보인다.
귀를 쫑긋하고 툭 튀어나온 눈 두리번거린다.
주인 모르게 먹으니 양심의 표현처럼 보인다.
밤 하늘 별들도 깜빡깜빡 속삭이는데
연인도 가을 밤길 속삭이며 거닌다.
가을 추수하는 농부들 마음도 넉넉하여
알곡모아 곡간에 넣는 두툼한 손 여유롭게 보인다.
아! 가을은 여유있고 풍요롭고 붙잡아 두고 싶다.

2024년 10월 12일

묵묵한 세월

세월은 말없이 하루하루 바단길 좀쓸어가는데
낙동강 유수도 소리없이 나릿나릿하게 흐른다
밤낮 쉬지 않고 가는 세월 느린 길에도 신속하다
붙잡을 수 멈춤도 없고 가을 가면 금방 겨울 온다
차디찬 겨울 오기 전 옷가지랑 먹을 양식 모아요
지혜자 엄동설한 가면 훈풍 부는 봄날 기다린다
세월과 대화하면 감동에 마음 달래주는 이 뵙죠

2024년 10월 13일

시편 제1편

복있는 사람은 악인의 꾀를 따르지 아니하며 죄인들의 길에 서지 아니하며 오만한 자들의 자리에 앉지 아니하고
오직 여호와의 율법을 즐거워하여 그의 율법을 주야로 묵상하는도다
그는 시냇가에 심은 나무가 철을 따라 열매를 맺으며 그 잎사귀가 마르지 아니함 같으니 그가 하는 모든 일이 다 형통하리로다
악인은 그렇지 아니하여 오직 바람에 나는 겨와 같도다
그러므로 악인들은 심판을 견디지 못하며 죄인들이 의인들의 모임에 들지 못하리로다
무릇 의인들의 길은 여호와께서 인정 하시나 악인들의 길은 길은 망하리로다

/ 평설(評說) /

詩구조와 미학적 의의로 형상화한 신앙의 불꽃

김남식 박사
(시인·도서평론가)

　해돋이의 찬란함이 우리에게 작은 감동을 주듯이 해넘이의 화려함은 우리의 가슴에 마지막 불꽃이 된다. 금번에 만호(晩湖) 류재양(柳在陽) 장로가 첫 시집 『샘곁에 심은 나무』를 출판하였다.
　어쩌면 돌출이고 화려함이다. 만호는 그의 삶을 詩로 표현하였다. 이것은 그의 고백이요, 노래이며, 환희의 절규이다. 구순에 접어든 나이에 시심(詩心)을 가지고 이것을 詩로 구상화하여 한 구절 한 소절 엮어놓은 것은 다른 사람이 상상할 수 없는 특별한 창작의 명철한 은혜를 받은 것이다. 만호(晩湖)는 詩의 내면적 표현의 특성을 스스로 진단하였다. 그 자신의 고백을 참고한다.

　"샘곁에 심은 나무"는 인생길의 의미이다. 삶이 찬란한 행복이 아니라 눈물 흘리고 가야 하는 골짜기 길고 긴, 역경, 슬픔, 시련, 눈물의 길을 통과해야 강해지고 성숙해진다. 거기에는 희망이 있고 기쁨을 경험하게 한다. 하나님을 사랑하고 사모하여 가까이 하기 위하여 몸부림치는 삶이다. 눈물 골짜기도 주께 힘을 얻고 마음에 시온의 대로가 있으면 넉넉히 통과하여 샘곁에 심은 무성한 나무와 같이 된다. 샘은 생수의 근원이며 마음과 몸을 정화하는 장소이고 기운을 북돋아 주고 회복과 풍요와 은총과 축복의 상징이며 "오아시스" 표시이기도 하다. 물이 풍부하여 초목이 무성하고 아름다운 동산, 물이 끊어지지 않는 샘 하나님이 베푸시는 영육간의 풍성한 은혜를 주시며 주의 백성에게 기업으로 주신 주의 땅, 샘곁에 심은 나무들이 무성한 동산이다.

"샘곁에 심은 나무"는 삶의 길을 의미한다. 물댄동산 마르지 않는 샘 곁에 심은 나무는 생수의 근원에서 분출하는 생수를 마시고 자란다. 그 나무는 여름 가뭄이 와도 그의 잎이 청청하고 싱싱하여 가을에 알찬 열매를 맺는다. 그는 詩를 통해 개별적 인간관계 미학의 진수를 보여준다. 詩 한 수를 선물 받은 자는 그날에 마음에 감흥을 느끼게 된다. 성경을 바탕으로 사랑, 믿음, 소망의 연결고리를 미학적인 문자로 구사하여 승화시켰고, 자연과의 창조 관계를 탐구하고 각색하여 노래하였다. 그러한 시적 탐구는 기독교 문학 세계관(christian literature world view)의 기본 바탕에서 나온다. 그리스도인은 하나님, 인간, 자연과의 바른 관계를 통해 자신의 존재 의미와 목적을 찾기 때문이다. 이 시집은 많은 인물들의 특성에 맞춤한 시를 선보여, 시가 그의 고유한 영역임을 보여주고, 시로 여과(濾過, filtration)하여 축사와 격려사로 읊조리는 것에 공감을 가지게 한다.

특별히 시인은 인간관계와 그 대상인물의 고결한 품성과 생애에 여정(旅程)역사와 자연을 향한 아름다움을 구사하였다.

칠흑같이 어둠밤 한줄기 빛을 찾아

전심전력 달려도 보고 뛰어도 봤다

팔팔한 청춘에 거친 파도를 넘어서

천리길 멀지않다고 오르내리시더니

전화위복 살아나서 정상에 올랐다

의로우신 이가 이렇게 세워 주셨다

김매는 농부같이 땀값을 알게 한다

동녘하늘 솟아 오르는 태양 빛나듯

그는 동쪽하늘 노을빛 찬란히 빛낸다

보수의 깃발들고 일생을 걸어 간다

교단의 정체를 밝혀 든든히 세웠다

권세 능력 주께서 주심을 고백하고

목마른 양떼 깊은 우물 생수 퍼준다

사랑의 양떼 곁에 영원히 빛나리다

― 불퇴전의 勇將 김동권 목사

인물 詩에서 표현된 것은 주관적인 관점에서의 객관화이다. 인생관의 목표를 불퇴전의 용장으로 이해하고 그의 신뢰와 사랑과 용단을 구가한 시다.

시인 만호는 지금까지 여러 분야에서 사역하며 다양한 사람들을 만나 사교 관계를 맺어왔다. 이것이 만호의 인물시(人物詩)의 산실(産室)이다.

다른 詩 한편에는 「대해의 길, 대신대학교 총장 최대해 목사의 축시」로서 인간의 향취에 대한 그의 열망을 나타낸다. 시인의 마음의 고백이요 바램을 표현한 자유시(自由詩)이다. 50년 죽마고우를 비롯 수십년간 교제한 연합단체 교계, 학계, 정계, 문학계, 동료 등. 그것도 가까운 친구에 대한 애정이 담겨있고, 그의 열망을 윤율적인 언어로 압축하여 표현한다. 시인 만호의 우정과 삶의 열정을 볼 수 있다. 인간이란 존재는 사회관계 속에서 살아간다. 그 때문에 공공선을 추구하는 아름다운 공동체적 삶의 관계를 추구하는 詩다.

시인 만호는 기독교공동체의 한 구성원으로 크고 작은 직임을 감당하였다. 특히 교회라는 유기체의 일원으로서 소속감과 사명감을 표현하는 것은 쉬운 일이 아니다. 시인은 자기 가슴에 공동체를 안고 뜨거운 詩를 읊조린다. 각종 행사 때마다 압축된 언어로 고결한 시어(詩語)로 함축하여 행사를 찬란하게 빛나게 한다.

「구미 옥계교회 100주년 기념시」전문을 읽으면 마음에 짜릿짜릿한 전율을 느낀다. 우리는 신앙유기체의 일원으로서 함께하는 삶을 살아간다. 물리적 거리를 뛰어넘어 마음으로 함께 동질감의 기쁨을 누린다. 단순한 구성원으로 의무적인 본분을 다하는 것이 아니라, 신심(信心)과 최선의 언어로 대상을 노래하기에 경향 각지의 여러 행사에 자주 초청받는다.

> 자비와 인애하심이 지성소 깊게 스며있는 진리의 동산
> 인생의 삶의 변곡점에 영원을 사모하는 순례자여
> 교우들과 함께 울고 웃던 120년의 여정
> 회고하는 세월에 인걸도 가고
> 일편단심 임 향한 아릿다운 마음 아뢰옵고
> 백설이 만건곤할 즈음 등불 저 멀리 밝히소서.
> 이 세상도 그 정욕도 지나가되
> 십년 세월 모아 강산이 열두 번 바뀌어 그 이름 위대한 자인교회여.

주님의 계시따라 진리의 복음 촛불 밝히시니

년년세세 새로운 피조물로 거듭나소서

감사로 제사드려 하나님을 영화롭게

사랑의 목자여 오늘도 의의 길로 인도하소서

― 자인교회 120주년 감사

  시인은 곧은길을 걸어가고 소임을 다하기를 열망한다. 그 열망은 시인만이 가지는 사명이자 특권이다. 자연의 창조 섭리에 대한 예찬 시의 특성이 고스란히 나타난다. 전제조건도 없이 자연을 향한 詩가 운율을 붙이면 노래가 된다. 그의 詩는 이것들을 창조한 창조주의 섭리에 대해 찬탄을 연발하고 있다.

  같은 자연이라도 보는 이에 따라 그 형상이 달라진다. 자연은 피조물이고 그것을 지은 창조자에게 영광을 높이고, 자신의 신앙관과 자연관을 詩로 찬미 한다.

  詩「봄햇살이 살며시」는 서정적 품세를 드러낸다. 구순의 세월은 물리적인 나이일 뿐 마음은 동심으로 돌아간다. 시인의 순수한 고백록이다. 자연을 예찬하는 다른 詩句「익어가는 가을」은 가을 단풍과 낙엽을 노년의 삶에 비유했다. 이 시에 화답하여 필자의 시로 표현하여 본다.

해는 느적느적 서산을 넘어가고

노인도 느적느적 서산을 넘어가네

황혼에 있어도

향기 짙은 인생길

아름다운 여정길

詩人의 고백이요 바람이다
가을 단풍 낙엽 그윽할 때
향기 짙은 인생 여정 길은
福이요 희망이다
　　　　　　　　　― 넘어 가는 때

「만년설 녹아 호수되었고」와 같은 시는 神의 창조물이 가진 섭리적 아름다움을 詩로 읊조렸다. 詩는 촘촘히 짜여져 언어를 압축하여 시상(詩想)을 형상화한다. 특히 인간 공동체와 창조물인 자연의 아름다움을 소중히 여긴다.

　만호의 첫 시집을 評說하면서 나이를 잊은 詩心을 보았고 관계미학을 일구어나가는 심지를 놓지 않는 낭만적 삶의 자세를 보았다. 하나님의 축복!

류재양장로 걸어온 발자취

경력

현 대구 반야월중부교회 원로장로

현 (사) 대구광역시 기독교총연합회 이사장

현 대구·경북 사랑의 쌀 나누기운동 협의회장

현 학교법인 대신대학교 발전추진위원장

제14회 전국 남전도회연합회 회장

제33회 전국 장로회연합회 회장

제 7회 대구지역 장로회연합회 회장

제28회 대구광역시장로회 총연합회 회장

제83회 대한예수교장로회 헌법개정위원

제85회 대한예수교장로회 총회 회계

제89회 대한예수교장로회 부총회장

학교법인 대신대학교 명예이사

학교법인 총신대학교 법인 감사

합동교단 개혁교단 합동선언문 작성위원

대신대학교본관 건축추진본부장

대신대학교 명예신학박사 수여

한국찬송가공회 새찬송가위원회 회계

주간지 크리스챤공보사 이사장

학력

대구신학교 신학과 수료

대구미래대학교 사회복지학과 수료

영남대학교 경영대학원 수료

표창장

보건복지부장관 표창장 수상

경상북도지사 표창장 수상

대구광역시장 표창장 수상(2회)

류재양장로 저서

한국기독교역사 1권 [한국편], 대한예수교장로회총회(합동) 역사편찬위원회, 2006년

한국기독교역사 영남편 2권 [대구·경북지역편], 대한예수교장로회총회(합동) 역사편찬위원회, 2006년

한국기독교역사 영남편 3권 [부산·경남·무지역편], 대한예수교장로회총회(합동) 역사편찬위원회, 2006년

물댄 동산 마르지 않는 샘 [晩湖 류재양 회고록], 휴먼앤북스, 2021년

향기 짙은 인생 여정 [백암 전재규박사 평전], 휴먼앤북스, 2023년

샘곁에 심은 나무, 휴먼앤북스, 2025년